Unter Don Both erschienen:

Immer wieder samstags
Immer wieder samstags – reloaded
Ruf des Teufels

Both
Don

Mad Love

The Tower

APP

The Tower I / Mad Love
Autor: DonBoth
The Tower – Mad Love
© 2014 DonBoth.
Alle Rechte vorbehalten!
https://www.facebook.com/pages/DonBoth/248891035138778
Cover: Patricia Zimmermann, Babette H.
Lektorat: Sophie Candice
Korrektorat: Caroline Jache
Weitere Mitwirkende: Babette H., Caroline Jache, Andrea Niemeyer
Mobi: 978-3-945164-33-4
Print:978-3-945164-34-1
epub: 978-3-945164-35-8
Erschienen beim A.P.P. Verlag
Peter Neuhäußer
Gemeindegässle 05
89150 Laichingen

Insane · Scars on Broadway

Nichts fällt der
Frauenverführungsmaschine
Maddox Price leichter, als weibliche,
devote Wesen zu beglücken. Dass die
Verlobte seines Erzfeindes das
nächste Opfer mimen soll, um diesen
zu zerstören, hört sich zuallererst
nach einem wirklich guten Plan an.
Bis er das pinke Grauen alias *das
Verführungsziel* kennenlernt und ... in
ihr ungewollt, doch mehr als willig,
seine persönliche Meisterin, über den
Körper und vor allem das Herz
findet. Etwas, was davor keine der
zahlreichen Gespielinnen geschafft
hat ... und seine dominante Welt
gehörig auf den Kopf stellt.

Lust, Intrigen, Verwicklungen und Schicksalsschläge, wie sie das Leben schreibt. Unzählige Möglichkeiten, Menschen und Meinungen, Liebe und Hass.
Tabulose Erotik.

»The Tower«

Die neue Serie fürs Kopfkino.
Jeder Teil ist entweder von Kera Jung oder Don Both geschrieben, aber natürlich einzeln abgeschlossen!

1. MadMaddox

»Tiefer ...«

»Wie bitte, Sir?«

»Sie habe ich nicht gemeint!«, murmelte ich, verkrallte meine Faust in ihrem Haar und drückte den Kopf der Tussi hinab, sodass mein Schwanz ihre Kehle berührte. Unerbittlich und erbarmungslos hielt ich sie dort fest, dominierte sie ohne jegliche Rücksicht. Dennoch wirkten ihre Augen so hingebungsvoll, dass ich lachen wollte. Sie meinte mich zu lieben, so wie jede andere davor. Mir persönlich waren solche Gefühle zuwider. Hirngespinste, die ein 08/15 Mensch braucht, um sich die Welt schön zu reden. Alles, was für mich zählte, war, mir den Kick zu holen – die nächste Grenze zu überschreiten.

»Ich sagte, feuern!«

»Aber Sir. Der Mann hat zwei Kinder ...«

»... und ist ein Dieb!«

»Es war doch nur ein Kugelschreiber ...«

»Ich weiß nicht, wie Sie auf die Idee kommen, mich könnte das auch nur im Geringsten ...« Mir stockte der Atem.

Ich funkelte das blonde Gift streng an, das vor mir am Boden kniete und noch eine Stufe zugelegt hatte.

Ihr Kopf hüpfte wild auf und ab; ich musste meinen zurückfallen lassen und die Lider schließen ...

Just in time zog ich sie mit einem leisen, jedoch bestimmten »Stopp« von mir weg. Ansonsten wäre es nämlich zu spät gewesen. Blinzelnd sah sie zu mir auf, als würde sie erwarten, jeden Moment übers Knie gelegt zu werden. Dafür hatte ich nur ein herablassendes Kopfschütteln übrig – danach war mir jetzt nicht – bevor ich sie ihr Werk vollenden ließ.

Kellerhan am anderen Ende der Leitung nuschelte irgendwas in seinen sehr wohl vorhandenen Bart. Verstehen konnte ich ihn ohnehin nicht, denn mein Gehirn wurde soeben durch meine Schwanzspitze in einen langen, wohlgeformten Hals gespritzt.

Der Orgasmus überraschte mich hinterrücks: Sie war wirklich gut.

»... aber wenn Sie darauf bestehen, werde ich natürlich ...«

»Genau!« Während ich sie an den dichten Locken von mir löste, drückte ich gleichzeitig den Knopf, der das Gespräch beendete.

Dann lehnte ich mich vor, betrachtete sie eingehender; nahm den Anblick ihrer geröteten Wangen und der Tränen in den großen blauen Augen auf und entfernte die verschmierte Schminke darunter mit den Daumen. Sie war ganz annehmbar, doch im Grunde nicht mehr als eine hübsche, willenlose Puppe, weshalb Blondie exakt in mein Beuteschema passte. Jede weibliche Person stellte für mich nur ein Stück Fleisch dar und damit meine ich nicht das gepanschte Zeug. Bei mir kam nur Rip-eye-Steak auf den Teller.

»*Jetzt* darfst du weiterarbeiten«, bestimmte ich.

So wie üblich versteinerte sie wie ein Gargoyle, sobald ich ihr zu nahe kam. Eine meiner herausragendsten Eigenschaften: Ich schüchterte Frauen ein und ich liebte es über alles, diese Macht nicht nur zu besitzen, sondern vor allem auch auszuüben.

»Womit?« Total umnebelt leckte sie sich gierig über die Unterlippe, wobei sie meine anvisierte, jedoch sehr genau wusste, dass nichts geschehen würde, was ich nicht wollte.

»Du warst gerade dabei, mein letztes Memo abzutippen.«

Nach wie vor hielt ich einen Teil ihres Kiefers und neigte fragend den Kopf zur Seite.

Sie nickte hektisch und war bereits im Begriff aufzustehen, allerdings verstärkte ich meinen Griff, was sie schockiert aufkeuchen ließ. Vorsätzlich hatte ich ihre Wangen ein bisschen zu grob zusammengepresst.

»Hast du nicht etwas vergessen?«, erkundigte ich mich dunkel.

»D... Danke Sir, dass ich Ihnen zu Diensten sein durfte.«

Mein Grinsen gestaltete sich leicht spöttisch. In den zwei Monaten, die sie für mich tätig war, hatte ich sie gut erzogen. Auf Dauer würde ich sie natürlich nicht behalten – das tat ich nie. Man isst ja nicht jeden Tag das Gleiche.

»Es geht nichts über einen Proteindrink zu Arbeitsbeginn.«

Fröhlich drehte ich mich mit meinem Sessel von ihr weg, während sie aus dem Büro stöckelte, und widmete mich dem alltäglichen Papierkram. Ich hatte noch einige Dinge zu erledigen und mit leerem Schwanz arbeitete es sich bedeutend einfacher, deswegen war ... Cintia? Cindy? Cinderella? – keine Ahnung, eine gewinnbringende Investition gewesen. Klar, sie bezog ein überdimensionales Gehalt, aber Geld bedeutete mir bei Weitem weniger als genialer Sex nach *meinen* Regeln.

Total versunken in meiner Arbeit, fiel mir überhaupt nicht auf, dass ich fixiert wurde, bis ...

»Wir müssen reden!« Ertappt zuckte ich zusammen, als eine tiefe, mir allzu vertraute Stimme den Raum erfüllte. Sie hatte mir zwar nie vorgelesen, mich nie getröstet oder mich beim Fußballspiel angefeuert, mir jedoch gezeigt, wie das Leben wirklich lief und was es hieß, ein Imperium zu führen.

Mein Vater lehnte im Türrahmen und beobachtete mich über den Rand seiner eckigen Brille hinweg.

Der ältere Mann war groß, breitschultrig mit kantigem Gesicht und trug das graue Haar stets kurz rasiert. Die Falten ließen ihn nicht unattraktiv, stattdessen eher weise erscheinen, mit jeder Faser strahlte er Autorität aus. Doch sein Herz saß am rechten Fleck, während er gleichzeitig wusste, wie man es vor den Blicken derer schützte, die nicht den geringsten Einblick wert waren. Er verkörperte mein Vorbild – schon immer …

Mit einer Handbewegung bedeutete ich ihm, dass er sich keinen Zwang antun sollte.

Elegant trat er ein, was scheinbar die gesamte Atmosphäre veränderte.

Entspannt lockerte er seine dunkle Krawatte und setzte sich auf die Kante meines Schreibtisches, woraufhin ich mich zurücklehnte und mit Daumen und Zeigefinger meine Augen rieb.

»Was ist los?«

»So geht das nicht weiter ...«

Genervt hielt ich in der Bewegung inne, sah auf und senkte den Arm. Klar ... er hatte was gegen meinen hohen sexuellen Appetit, aber solange ich meine Arbeit nicht nur gut, sondern perfekt machte, mischte er sich niemals ein. Dass er es jetzt tat, gefiel mir absolut nicht. Allerdings verriet ich mit keiner noch so winzigen Geste etwas von meinem Unwohlsein. In meinem Beruf musste ich öfter ein Pokerface aufsetzen, daher fiel es mir nun auch nicht schwer.

»Die Geier planen irgendetwas!«

Damit waren unsere größten Widersacher gemeint, die zufälligerweise genau eine Etage unter uns in diesem Tower der unbegrenzten Möglichkeiten vor etlichen Jahren ihre Zelte aufgeschlagen hatten.

»Und?«, erwiderte ich tonlos. Die Fehde zwischen den Konzernen – den Familien – war mir bekannt.

»Und ... verlässliche Quellen besagen, dass der Erbe bald übernehmen und alles verändern wird ... Kasper ist versucht, ihnen den Zuschlag zu geben, und ich muss erfahren, was ihre Lockmittel sind ...« Mein Vater setzte die Brille ab und beugte sich, mit seinem Arm auf meinen Schreibtisch gestützt, zu mir vor.

»Und wie willst du dahinterkommen?«

Nun grinste mein alter Herr ... So, wie er es üblicherweise tat, bevor er auf kaltblütigste und skrupelloseste Art einen Konkurrenten ausschaltete.

»Treffenderweise wurde mir vor einigen Tagen eine nette Bewerbung vorgelegt, die junge Dame erwies sich bei dem Vorstellungsgespräch als perfekt geeignet ...«

»UND?« Mein Blick sagte das Gleiche aus.

»Nun ... ich spreche von der Verlobten des Sprösslings ...«

Okay. *Das* war interessant. Deswegen lehnte ich mich gleich mal vor und verschränkte die Hände auf dem Tisch.

»Hm ...« Gedankenverloren strich ich mir übers Kinn. Und was hatte ich damit ...?

»Sie hat sich als *deine* persönliche Assistentin beworben und ich habe sie sofort eingestellt ...«

»WAS?«

Jetzt fiel ich aus allen Wolken, ich *hatte* nämlich eine Sekretärin und die konnte blasen wie ein Staubsauger! Ich würde nicht, niemals ...

»Du wirst sie natürlich nehmen ...«

»Aber ...« Meine Kinnlade hätte eigentlich mit einem lauten Knall auf dem Holz landen müssen.

»Und sie auf freundlichste Art einweisen ...«

»DAD!«

»Die Lady um den Finger wickeln ...«

»HALLO?«

»Sie verführen und am Ende ...«

»Äh ... bin ich dein privater Callboy?«

PAM!

Seine Faust rastete genau zwischen meinen Armen auf dem Tisch ein, ich zuckte zusammen. Schon beugte er sich noch weiter vor und starrte mich aus eiskalten, grauen Augen an. »... wirst du alles aus ihr rausquetschen, was wir wissen sollten!«, flüsterte er mit der Inbrunst eines absolut irren Fanatikers.

Etliche Sekunden lang fixierte ich ihn reglos, und erhob mich schließlich mit einem spöttischen Schnauben. »Dass du *das* nicht durchschaust! Es ist ja wohl offensichtlich, was sie bei uns will!«

Angelangt an der bodentiefen Fensterscheibe sah ich auf die Autos, Busse und Straßenbahnen hinab, die aus dieser Höhe wie winzige Ameisen wirkten. Als Nächstes blickte ich in die grelle Sonne und den wolkenlosen Himmel ...

»Natürlich weiß ich, dass sie hier nur eingeschleust wird, um zu spionieren! Ich dachte, dir wäre bekannt, dass ich kein Idiot bin! Aber ich nahm auch an, keine Frau könnte meinem Sohn widerstehen oder ihn gar überlisten ... Dies wäre eine hervorragende Gelegenheit, ihnen zu demonstrieren, wer in diesem Haus das Sagen hat!«

Mit einer Hand stützte ich mich an der Scheibe ab und ließ den Kopf nach vorne sinken. Diese Geschichte gefiel mir ganz und gar nicht, ich wollte diese elendige Fehde nicht auf meinem armen, hilflosen Schwanz austragen!

»Was, wenn sie meinen Anforderungen nicht entspricht?«

»Dann ziehst du ihr eine Tüte über den Schädel.«

Ich schmunzelte – ein bisschen. »Der ist echt alt! Apropos ... Was, wenn sie *steinalt ist*?« Allein bei der Vorstellung schüttelte es mich.

»Sie ist vierundzwanzig.«

»Uhhhh ...« Es gelang mir nicht, die Ironie aus meiner Stimme zu verbannen, denn mein Hirn stellte sich selbstverständlich sofort eine blonde, eisleckende Lolita vor.

»Ich weiß nicht ...«

»Oh doch, du weißt! Hattest du nicht schon immer vor, es dem süßen Steven zu zeigen!?«

»Sicher ...« Weil er ein arroganter Hurensohn war, der mich bei jeder noch so geringen Begegnung reizte, indem er mich daran erinnerte, dass sein Vater mit meiner Mutter geschlafen und sie uns deswegen verlassen hatte ... Aber das ist eine andere, ziemlich fiese Geschichte.

»Was springt für mich dabei raus?« Stets so tun, als wäre man nicht interessiert – das war oberstes Gesetz.

Obwohl in mir die Frage brannte, ob sie tatsächlich so blöd waren und dachten, die Bewerbung der Verlobten des Sprösslings würde uns nicht spanisch vorkommen ... würde ich es tun. Denn ich konnte bereits fühlen, wie ich sie mir unterwarf ... ihr den Atem raubte ... vorzugsweise mit meinem Schwanz in ihrem Hals ... Natürlich nur, sollte sie wirklich die kleine eisleckende Lolita sein ...

»Ich denke, für den Anfang reicht es, dass du ihr Vertrauen gewinnst ... Sie ein wenig willenlos machst. Dann sehen wir weiter ... was wir genau mit ihr anstellen, um an Informationen zu kommen.«

Ich sah aus dem Fenster, hörte nur noch mit halbem Ohr hin, wog in Gedanken längst meine Chancen ab. ... All diese *Perspektiven* ...

Mit einem Fingerschnippen könnte ich Steven vernichten, und es würde um soooooo vieles besser werden, wenn er tiefe Gefühle für sie hegte – soweit das bei ihm überhaupt möglich war.

Auf diese Art würde ich den Spieß endlich umdrehen, ihnen zeigen, wie es sich anfühlte, wenn man nach Hause kam und erfuhr, dass eine geliebte Person auf ewig verloren war ... Übrigens ebenfalls, wie es schmerzte, einem Familienmitglied beim Leiden zuzusehen, während der Grund dafür einem von etlichen Magazinen aus mit dem aktuellen Macker entgegenlächelte ... wie auch immer!

Ich würde es versuchen – natürlich würde ich das.

Mein neuester Kick:

Verführe die Verlobte deines Erzfeindes.

Stell mit ihr an, was nötig ist, damit es ihn zerstört.

Und gewinne auf ganzer Linie!

2. Mad

Frisch aus dem Solarium und nach einem eher unbedeutenden, aber freudigen Erlebnis mit dem sexy Security-Steak, betrat ich Etage 54 des Towers.

Meine Etage.

Hart erkämpft, denn in diesem Haus ein Mietobjekt zu bekommen, war normalerweise ein Ding der Unmöglichkeit. Nur spezielle Konzerne, Firmen, Restaurants, Einkaufs- und Unterhaltungslokalitäten schafften es in den dunklen Turm. Zwischen den meisten herrschte Krieg, ich hatte jedoch mit so gut wie allen Abteilungen Frieden geschlossen, die hauptsächlich weiblich besetzt waren. Zum Beispiel die winzige Bäckerei im Erdgeschoss, ebenso wie Starbucks und der beste Italiener der Stadt. Das Fitnessstudio zählte gleichfalls dazu, mit diesen unglaublich talentierten *Ganzkörper-* (also auch Rücken) Masseurinnen. Vom Stripklub in den Tiefen dieses architektonischen Kunstwerks, sprich, dem ersten *unterirdischen* Stock, wollte ich gar nicht anfangen ...

Ich liebte dieses autarke Universum inmitten der realen Welt, die kleinen süßen Empfangsdamen und sogar den schwulen Marcel, der mich jeden Morgen mit einem überaus schwanzfreundlichen, lechzenden Lächeln begrüßte.

Selbst die verglasten riesigen Aufzüge, die mir stets einen perfekten Ausblick in gewisse Dekolletés gewährten, waren mir ans Herz gewachsen ... Und was ich in ihnen erst für angenehme Intermezzos erlebt hatte ...

Keiner wusste so genau, wem dieser Tower gehörte und wer dieses Meisterwerk der Unterhaltung konstruiert hatte, eines stand aber zweifellos fest: Es musste ein Genie gewesen sein.

So viele Möglichkeiten und Geschichten versteckten sich in diesen gläsernen Wänden. Unzählige Verstrickungen … und vor allem dunkle, ungehemmte Erotik.

Ich wollte mehr davon!

Zunächst galt es allerdings, den Drecksack Meyers loszuwerden – den alten, genauso wie den jungen – und ihre Etage für mich zu beanspruchen!

Eigentlich.

Wenn ich gewusst hätte, was mich die nächsten Wochen erwarten würde, hätte ich auf diese ganze Scheiße gepfiffen und wäre gelaufen! Schnell und weit!

***

Leider hatte ich zu diesem Zeitpunkt keine Ahnung, wer mein Leben auf den Kopf stellen würde, und so bewegte ich mich – armer Hauptcharakter dieser Story – völlig ahnungslos Schritt für Schritt auf mein Elend zu, und öffnete schwungvoll die Tür zu meinem Büro.

Die Empfangsdame hatte mich vorab darüber informiert, dass meine ›neue persönliche Assistentin‹ schon auf mich wartete.

Kaum betrat ich den Raum, erstarrte ich. Eine kurze Bestandsaufnahme machte mir klar, dass eine Katastrophe biblischen Ausmaßes über mich hereingebrochen war.

Denn mitten in meinem Sessel saß … das Desaster in Menschengestalt; ES RAUCHTE IN MEINEM ZIMMER EINEN JOINT und besaß auch noch die Frechheit, den absoluten Blasemund zu kreieren und grinsend den Rauch in meine Richtung auszustoßen, sobald es mich erblickte.

Das war das Erste, was zu meinem vorübergehend umnebelten Gehirn durchdrang!

Drogen!

Gestank!

Aufsässigkeit!

In meinen Gefilden!

Dachte sie, die Etage gehörte bereits ihr?

»What the fuck?« Meine Augen waren nicht für schreiende Töne geschaffen, weshalb ich leicht geblendet wurde. Sie trug nämlich einen grell-pinken-Ballon auf dem Kopf.

Was war das? Ein Bonbon?

Scheiße!

Die unzähligen Löcher in der Strumpfhose brachten mich fast um. *Dreckige Schuhe* mitten auf meinem weißen Marmor-Couch-Tisch! Hatte die keiner eingewiesen? Ich musste dringend mit ... Dingsda ... dem Pamela Anderson-Verschnitt (meiner Personalchefin) reden!

»Runter!« Mit einer Hand fetzte ich ihre Treter aus dem Weg, während ich das Wort gerade so an meinen Zähnen vorbeipresste.

Zuerst zuckte sie unfassbar spöttisch mit den Schultern und lachte dann los!

Laut und wiehernd! Wie ein Pferd!

Ich konnte dieses kleine Ungeheuer nur ansehen und mich fragen, ob das ein verdammter Scherz war.

DIESES ... dieses ... Punkergirl war meine zukünftige Assistentin?

Stevens Verlobte, also ich meine den verflucht aalglatten, niemals arschfickenden (Frauen) ... Idioten? Sollte so was in seinem Bett rumhüpfen? Auf welchen Fetisch stand der denn?

Nein! Hier musste eine Verwechslung vorliegen.

Sie sah aus wie eine dieser Rockergruftigören, die öfter das Plattenlabel ansteuerten.

»Sex-y-oh ist drei Stockwerke weiter oben!«, informierte ich sie knapp.

Der braune Dreck, der nun auf meinem Flokati-Teppich thronte, peinigte meine zivilisierte Natur. Und zu allem Überfluss gackerte sie immer noch!

»Ich sagte, raus!« Das kam denkbar schärfer.

»Haben *Sie* nicht!« Als eine helle, aber absolut vorwitzige Stimme zwischen rosa Lippen ertönte, steuerte mein Wutpegel zielsicher auf ultimo, denn sie klang ... *respektlos.*

An pechschwarz lackierten Fingernägeln wurde abgezählt.

»Sie haben einmal bemerkt: What the fuck und *Run-ter*!«

»Das habe ich so nicht gesagt«, widersprach ich leise.

»Ja, okay! Dann eben *runta*! Und als Nächstes kam von Ihnen Sexi...o? Meine Güte, was ist das?, ist zwei ...«

»Drei ...«

Sie verdrehte tatsächlich die Augen.

Plötzlich wollte ich sie übers Knie legen und ihr Manieren beibringen.

»Drei Stockwerke weiter oben! Das Wort *raus* kam nicht vor!« Mit einem Finger wackelnd, grinste – strahlte – sie mich förmlich an.

Ihre extrem blasse Haut stand in scharfem Kontrast zu diesem Knallpink auf ihrem Kopf. Die winzige Nase zierte ein Ring, der wie von einer Kuh wirkte. Das Oberteil bestand aus einem schwarzen, engen Top mit der Aufschrift ›*Fuck the Fuckers*‹, die Hotpants waren im Leoparden-Style gehalten, darunter befanden sich zerfetzte Strumpfhosen und – wie sollte es anders sein? – *diese dreckigen* offenen Boots!

»Wer sind Sie, verdammt?« Zum ersten Mal in meinem Leben rang ich ernsthaft mit meiner Fassung. Sah sie nicht, was sie tat? Spürte sie nicht, mit wem sie sich gerade anlegte? Besaß sie überhaupt keinen Selbsterhaltungstrieb?

Denn ich wollte sie nicht ficken – das klang zu weich, viel zu sanft und human. Wenn mir eines Tages der exakte Begriff für das einfällt, was ich mit ihr zu tun beabsichtigte, werdet ihr es erfahren.

Momentan fischte ich diesbezüglich in echt trüben Gewässern.

Noch.

3. Miss Leona Churchill

WOW!

Das war das Erste, was ich mir dachte, als er in der Tür stehen blieb.

Groß.

Trainiert.

Dunkel -

-haarig,

-äugig,

-typig.

Finsternis und Macht pur umströmten ihn, on the rocks sozusagen. Und ein wildes Funkeln, das etwas Bestialisches, Rohes, Maskulines suggerierte.

Bei Ozzy!

Ich wollte alles für ihn sein, alles für ihn tun – es war ein Urinstinkt, der mich fast übermannte.

So fühlte wohl jede Frau, wenn sie ihn kennenlernte. Aber ich war nicht jede Frau – zum Glück! Denn ich sah gleichzeitig hinter die Fassade und entlarvte das Herablassende, Arrogante, Reiche, Kapitalistische und Materialistische – kurzum: alles, was ich verabscheute!

Stattdessen fand ich das Tier, wobei diese Bezeichnung für den Homo sapiens meist zu nett ausfällt. Unsere animalischen Mitkreaturen sind nicht böse, sadistisch oder schadenfroh ... Sie entscheiden nicht – sie *sind*.

Menschen haben eine Wahl und dieser hier hatte sich für die falsche Seite entschieden. Jene, auf der ich nicht stand und für die ich niemals kämpfen würde.

Das trichterte ich mir ein und es klappte: Sofort flutete mich abgrundtiefe Abscheu.

Gut. *Das* machte er mir wirklich leicht.

Seine Stimme, so tief und verlockend, wie sie auch klang, so weich und scheinbar erotisch die Aussprache war, und so heftig sie in meinem Unterleib widerhallte, wirkte echt nicht sonderlich freundlich. Was er sagte übrigens ebenfalls nicht.

Hielt er sich etwa für den Nabel der Welt?

Runter?

Wie bei einem verfickten Hund, und ich sollte dramatisch von der Couch rollen und vor seinen Füßen auf dem Boden landen? Am besten noch mit Stachel-Halsband?!

HA!

HAHA!

Ich lache mal später!

Jaaa okay, schon bald würde ich genau dort liegen und es genießen, jetzt allerdings – in diesem Moment – dachte ich ja nicht daran, ihm zu gehorchen oder es ihm gar irgendwie einfach zu machen!

»Also ... Nur so zur Info: Ich bin Leona, aber nenn mich Leo. Und du bist wohl ...« Er zog eine Augenbraue hoch, doch dann ... »... mein neuer Chef Maddox Price?«

Einen Herzschlag darauf änderte sich sein gesamtes Auftreten und Wesen. Zuvor war er ein angepisster, arroganter, scheißheißer Kerl gewesen und nun ... wie ausgewechselt.

Ein charmantes Lächeln zog seine Mundwinkel nach oben, die Augen funkelten verwegen und alle Glocken in mir schrien GEFAHR! GEILHEIT! GEFAHR! GEILHEIT!

Leicht und verspielt neigte er den Kopf zur Seite. Kombiniert mit diesem Grinsen war mein Todesstoß offenbar die Hand, die er in seine Anzughose schob, während er mit der anderen durch dichtes dunkles, penibel geschnittenes Haar fuhr.

»Oh yeah ...« Nichts da mit Unfreundlichkeit. Akustische Verführung, flüssiges heißes Feuer ...

»Der bin ich ... Einen Moment bitte Miss Leona Churchill ... Dann bin ich sofort voll und ganz ...« - eindrucksvolle Pause, Blick, als wolle er sagen ›bereit, Sie an sämtlichen Örtlichkeiten dieses Gebäudes zu ficken‹ »für Sie da.«

Damit verschwand er aus dem Raum.

Hm.

Mysteriös – und verdammt sexy.

Schulterzuckend ließ ich mich wieder in die Polster zurückfallen, verschränkte Arme und Füße und starrte hinauf zu den eingelassenen Lichtern an der Decke.

Meine Kaugummiblase platzte.

Mad …

»Hast du den Verstand verloren?!«

Mit diesen Worten stürmte ich sein Büro, selbstverständlich wohl wissend, dass er um diese Uhrzeit immer allein und beim Frühstücken war. Er unterbrach den Verzehr von seinem (täglich gleichen) Orangensaft, Omelett mit Kapern (ich hasste die Teile und fand, sie waren eine perverse Erfindung der Natur), und war sogar so gütig, eine Ecke seiner allmorgendlichen Zeitung herabzuklappen, um mich anzusehen.

»Wie bitte?«

Die Tür schloss ich mit einem leisen, gezügelten Knacken, zeigte danach aber in die ungefähre Richtung meines Büros, das sich fast am anderen Ende der Etage befand.

»Da sitzt ein grausamer, pinkfarbener Albtraum auf meinem Sessel und behauptet *sie* zu sein!« Mein Vater wirkte ... *belustigt.* Was bei ihm selten vorkam, wenn er mit mir sprach und womit er mich – wenn er es mal tat – zur Weißglut brachte.

Fein säuberlich faltete er das Papier und legte es zur Seite. Mit vor dem nicht vorhandenen Bauch verschränkten Fingern lehnte er sich dann in seinem Stuhl zurück und betrachtete mich fröhlich.

»Wie? Gefällt sie dir etwa nicht?«

»Willst du mich verarschen?«

»Du hast nicht gewusst, wie sie aussieht?«

»Wie hätte ich?« Ich konnte diesen Irrsinn nicht glauben! Wie kam er auf die Idee, *mir* so was zuzumuten?

»Sie strahlt, seitdem sie mit Steven Meyer verlobt ist von jedem Klatschblatt herunter.«

»Ist ja auch kein Wunder! Außerdem gehört so was nicht zu meiner Standardlektüre!«

»Aber du gehst doch an Zeitungsläden vorbei, ja?«

Ich sah meinen Vater nur schief an; im Tower gab es alles, was ich brauchte, weshalb ich auf den Rest der Welt verzichtete. Und die Trafik hier besuchte ich grundsätzlich nicht. Wenn mich etwas interessierte, gab es das Internet – denn heute denken wir ja nicht, wir googeln – oder Assistentinnen, die mir besorgten, was immer ich benötigte. Das ist durchaus wörtlich zu nehmen.

Er lächelte kühl. »Vielleicht hättest du dich informieren sollen.«

»Sie will für eine Baufirma arbeiten, und wir errichten weder Sozialbauwohnungen noch Junkiehöhlen, sondern *Luxusimmobilien*! Bei ihrem Äußeren könnte man echt vermuten, dass sie erst vor Kurzem aus genau so einem Loch entflohen ist! Wie soll ich *so ein Ding* meinen Kunden vorstellen?«

»Ich dachte, du magst Herausforderungen?«, erwiderte er schulterzuckend.

»Das!« Beinahe hätte ich gebrüllt, besann mich allerdings im letzten Moment und entspannte merklich meine Kiefermuskulatur. »*Herausforderung*? Was für ein Witz! Dies ist eine Katastrophe!«

»Warum?«

»Sie ist ganz ... anders als ich!« Ich fühlte mich hilflos, was ich glücklicherweise wenigstens vor meinem Dad nicht verbergen musste.

»Und?« Nun hatte er diese spezielle Krankheit ...

»Sie nimmt Drogen!«

»Du bist ein Heuchler!«, winkte er ab.

»*Ich* nehme keine!«

»Deine unterscheidet sich geringfügig von den gängigen Suchtmitteln.«

Er kannte mich viel zu gut, stellte ich zähneknirschend fest.

»Ich kann nicht mit so einem ... kleinen rosa Subjekt ...«

»Wieso nicht?«

Ja! Weshalb eigentlich nicht?

Ihre Figur war doch nicht mal schlecht! Und ohne diese komische Kleidung würde sie garantiert nicht wie das Opfer eines Mähdrescherunfalls aussehen. Ihre Haut war rein, gestunken hatte sie ebenfalls nicht oder so was ... sie besaß Blaselippen und lange Beine, war leicht und zierlich ... sicher extrem beweglich ...

Warum gelang es mir also nicht, sie eiskalt zu benutzen, so wie ich es immer tat?

»Ich weiß es nicht«, meinte ich nachdenklich.

Mein Vater sah mich nur mit einem wissenden Ausdruck an, vielleicht versteckte sich dort gleichfalls ein bisschen Nachsichtigkeit, als wäre ich dämlich und wüsste es nur nicht. Wie ein Fünfjähriger, dem er die einfachsten Dinge im Leben erklären müsste, die für Erwachsene offensichtlich aber für Kinder ein Mysterium sind ... Zuallererst jedoch fand ich jede Menge Neugier.

»Du siehst stets nur das, was du sehen willst ...«, bemerkte er nach einiger Zeit.

Mit einem Mal wollte ich dieses Gespräch nicht fortsetzen, es war nämlich viel zu aufwühlend. Und außerdem ... konnte ich sie natürlich in mein Bett locken – in Ordnung, dorthin nur im Notfall! Wieso denn auch nicht?!

Schließlich bekam ich jedes weibliche Wesen dorthin, wobei irgendwelche persönlichen Gefühle garantiert nicht berücksichtigt wurden!

Ich hatte an mein Ziel zu denken; und zur Not konnte ich ihr ja zum Vögeln eine Perücke aufsetzen, dann würde ich mir nicht vorkommen, als würde ich einer exotischen, seltenen, bunten, duftenden Blume die Blätter einzeln ausreißen ...

Okay.

Memo an mich!

Weniger wichsen – nur noch ficken.

Augen zu und durch!

Ich würde da jetzt reingehen – sie verführen und umdrehen.

Oh ja! Alles an ihr war provozierend! Auf jeden Fall umdrehen!

Und dann, tja dann ... allmählich dazu bringen, dass sie *alles* für mich tun *wollte*, was ich verlangte.

Das war der Plan – einfach, simpel, wasserdicht.

Doch wie so manches im Leben, sollte der leider gründlich schiefgehen. Denn ich hatte meine Rechnung ohne das BUM-BUM gemacht.

4. Mad

Ich hatte nicht die geringste Ahnung, was ich erwartete, auf keinen Fall dieses aberwitzige Punkergirl, das auf meinem Schreibtisch saß. Ein Bein hielt sie angewinkelt, das andere baumelte. Sie hatte die Arme hinter sich aufgestützt, sodass die kleinen festen Brüste in dem Oberteil herausgequetscht wurden.

Spontan wollte ich diese Titten ficken, und ihr dann ins Gesicht spritzen.

Das durfte nicht wahr sein!

Ja okay! Ich war von jeher ein sexsüchtiger Hund gewesen, noch nie jedoch war die Lust, die eine Frau in mir geweckt hatte, so roh, so ungezügelt, ausgefallen.

Und so gefährlich.

Ich musste aufpassen, die Kontrolle bewahren.

Doch etwas an der herausfordernden Art, mit der ihre Augen funkelten und auf die sie laut mit ihrem Kaugummi schmatzte, sagte mir, dass sich jenseits der rosaroten Fassade ein echtes Biest versteckte, vor dem ich mich in acht nehmen musste.

»Na? Fertig, womit auch immer?«, fragte sie grinsend und ließ eine Blase platzen. Ihre Stiefel hatte sie nach wie vor an, aber wenigstens verteilte sie nicht weiter den Dreck in meinem Büro.

»Also ...« Absichtlich gab ich vor, sie blickmäßig zu ignorieren, wahrte somit meine Fassade und schritt an ihr vorbei, direkt zu meinem Schreibtisch. »... wenn Sie für mich arbeiten wollen: Tragen sie saubere Schuhe in diesem Haus!«

»Was?«

»Das ist Business und gehört zu den Regeln im Tower!«, beharrte ich.

»*Der Tower*?«, kicherte sie. »So, wie der dunkle Turm von Stephen King? Wo ist der Scharlachrote König?

Nein, viel wichtiger: *Wo sind Roland und Eddie?*«

»Der Ort, an dem Sie sich befinden, nennt sich Tower«, erklärte ich mit aufgesetzter Geduld. »Um hier tätig sein zu dürfen, muss man zuvor unterschreiben, dass man die Hausordnung zur Kenntnis genommen hat.«

»Ich mag keine Regeln.« Abermals ertönte ein Kaugummi-*Plopp*.

Mein Lid zuckte nervös, denn dieses ständige Gekaue und Geschmatze ging mir gehörig auf den Geist. Genauso wie die rosa Haare und dieser rosa Kaugummi. War sie beim Vorstellungsgespräch auch so aufgetreten?

Sicher nicht, sonst hätte sie mein Vater nie eingestellt – egal, was für Absichten er hegte!

»Regeln ordnen das gesellschaftliche Leben und können dieses, sofern sie gut durchdacht und logisch sind, unter Umständen verbessern. Wenn Sie bei mir angestellt sein wollen, werden Sie sich daran halten, ansonsten steht es Ihnen selbstverständlich frei, zu gehen. Eine weitere Option gibt es nicht.«

»Meine Fresse ...«, nuschelte sie vor sich hin.

»Wie bitte?« Ich dachte mich verhört zu haben, und außerdem *ploppte* sie schon wieder!

»Wie gestochen Sie reden! Als ob Sie einen Stock im Arsch hätten!«

HA!

Nun breitete sich ein Lächeln auf meinem Gesicht aus.

Langsam.

»Ich kann auch anders.«

Sie erstarrte für einen winzigen Moment, und zum ersten Mal fiel mir ihre Augenfarbe auf. Sonst interessierten mich derartige Details an einem Menschen nie. Ich meine, im Ernst! – Wer achtet denn beim Kennenlernen sofort auf die Färbung der Iris? Mir ist nicht einmal die meiner besten Freunde bekannt! Wie ihre Finger aussehen, die Haare, sogar die Körper, all das weiß ich – aber das doch nicht!

Ihre war auf jeden Fall braun, was einen heftigen, wahnsinnig strahlenden, intensiven Kontrast zu dieser überhaupt sehr kontrastreichen Person mit den rosa Fusseln und der blassen Haut bildete.

Als sie erneut ihre dämliche Blase platzen lassen wollte, hielt ich blitzschnell den Kaugummi fest, bevor sie auch mich zum Explodieren bringen konnte.

»HEY!« Ihr klatschte das luftleere blassrote Ding ans Kinn und ich lehnte mich zufrieden in meinem Sessel zurück – dass ich mich vorgebeugt hatte, war mir irgendwie entgangen.

»Hier sind die Regeln des Towers und das ist der vorläufige Arbeitsvertrag.« Die andere Mappe mit meinen privaten Auflagen zog ich nicht aus der Schublade. *Noch nicht!*

»Wieso vorläufig?«

Weil ich keine Frau länger als sechs Monate ertragen kann. HA! Als ob ich ihr das auf die Nase binden würde!

»Unterschreiben, Miss Churchill!« Energisch tippte ich auf die Blätter, die ich ihr vorgelegt hatte. Doch sie hatte nichts Besseres zu tun, als den laschen Kautschuk um ihren Finger zu wickeln, zwischen die vollen Lippen zu schieben – mitsamt Zeigefinger wohlgemerkt – und ihn dann mit schön hohlen Wangen und heftig saugend aus ihrem Mund zu ploppen.

Das wars!

Langsam erhob ich mich, ging gemessenen Schrittes in das angrenzende Bad und holte mir dort gepflegt einen runter!

Obwohl mich dieses pinke Etwas total aus dem Konzept brachte, war es das erste Mal, dass *sie* dabei in meinem mentalen Mittelpunkt stand, aber sicher nicht das letzte.

Mein Körper war wahnsinnig geworden!

5. Mad

Die nächsten Wochen vergingen wie im Flug. Ich war nur damit beschäftigt, an verfluchte Infos zu kommen.

Es war mir gelungen, aus ihr herauszukitzeln, warum sie bei mir angefangen hatte, wo sie doch auch bei ihrem Verlobten hätte arbeiten können.

Antwort: weil sie es allein schaffen wollte. Alles klar! Und morgen würden kotzende Wale an meinen Fenstern vorbeifliegen.

Das ging ständig so weiter: Ich bekam nur die dämlichsten, ausweichendsten und verdammt noch mal frechsten Erwiderungen, die mir jemals von einer Frau angeboten worden waren.

»Wieso interessieren Sie sich überhaupt fürs Bauwesen?«

»Ich liebe Architektur!«

»Sie wissen aber schon, dass wir mit den – wie nannten Sie es so nett? – materialistisch Verblödeten zusammenarbeiten müssen? Dies sind genau genommen sogar unsere Chefs. Sie bestimmen, wo es langgeht ...«

Genuschel: »Als ob du dir von irgendwem Befehle erteilen lassen würdest ...«

»Wie bitte, Miss Churchill?«

»Ich muss sie ja nicht vögeln, um ihnen die Kohle aus der Tasche zu ziehen ...« Daraufhin hätte ich beinahe gegrinst. *Fast*!

Also eigentlich gar nicht! Nichts amüsierte mich, wenn ich es nicht wollte! Nichts machte mich geil, dem ich nicht zuvor mein Einverständnis erteilt hatte ...

Ja ja ... ich sag ja: kotzende Wale.

***

»Miss Churchill ... zu diesem Anlass werden die bedeutendsten Investoren inklusive Gattinnen und sonstigem Anhang erscheinen ... Sie können dort unmöglich derart gekleidet auftauchen!«

Ich gestikulierte auf die Katastrophe, denn ihr Kleiderstil hatte sich in den letzten Wochen leider nicht geändert. Da war sie dickköpfig – unter anderem. Und so stand sie genau so angezogen neben mir auf Baustellen, saß an Konferenztischen oder beim Lunch an meiner Seite, aber erst nach einem kleinen jedoch feinen Kampf.

Am Anfang hatte ich mir vorgenommen, sie nicht zu solchen Events mitzunehmen. Wie sollte ich ihr verrücktes Auftreten vor den Kunden rechtfertigen?

Das erste Mal war ich sogar heimlich aus meinem Büro geschlichen – merkte dann allerdings im Aufzug, dass die wichtigsten Papiere fehlten.

Als ich im Erdgeschoss ankam, befand sich BUM-BUM bereits freudestrahlend vor den Türen und hielt mir die Kostenvoranschläge provokativ vor die Nase ...

Diese Frau ließ sich nicht so leicht überlisten, sondern sorgte stets dafür, dass sie überall dabei war. Mit welchen Mitteln auch immer ... Und irgendwann hatte ich einfach nachgegeben, was sonst so gar nicht meine Art war. Doch ich hatte wirklich Brisanteres zu tun, als meine Schlachten auf diesem Feld zu schlagen.

Zum Beispiel mit so was:

Es war ein Freitag, an dem sie es tatsächlich wagte ... und meinen armen Schwanz damit fast umbrachte ... *Strapse anzuziehen*, und das garantiert nicht so, dass niemand es sah! *Nein!*

Der Rock (Muster: Schotte!) ging gerade mal über diese kleinen, strammen Arschbacken, dazu ein weites, seeehr weites, weißes Oberteil mit Fledermausärmeln, das echt lächerlich wirkte, und eben Strapse, inklusive Haltern!

Inzwischen war ich mir sicher, dass ihr Plan so ähnlich aussah, wie mein eigener, weshalb ich am liebsten nur noch mit einer Hand vor den Augen umhergelaufen wäre. Es war nicht mehr feierlich!

Mein Schwanz schmerzte scheinbar ununterbrochen, und ich hatte nie zuvor so oft handgearbeitet, wie seitdem sie bei mir tätig war.

Nicht einmal Cinderella, Pamela oder Heidi aus der Biohofabteilung in der Einkaufsmeile konnten mir wirklich weiterhelfen. Denn kaum betrat ich mein Büro und sah sie auf der Couch residieren ... ihren sexy Hintern auf meinem Tisch wälzen ... aus dem Fenster schauen, an ihrem Schreibtisch, gegenüber von meinem sitzen oder ... einfach nur *atmen* ... wurde unweigerlich der nächste, einsame Badbesuch erforderlich.

»Sie glauben doch wohl nicht, dass ich *das* anziehe?« Das du hatte ich ihr mittlerweile ausgetrieben, diese Schlacht galt es nämlich, auf keinen Fall zu verlieren!

Es war wie gesagt Freitagabend und diese winzige pinkfarbene Göre stand vor mir und kaute ihren rosa Kaugummi. Lässig hielt ich ihr ein echt hübsches schwarzes Kleines von meiner Lieblingsboutique vor die Nase.

»Und diese Schuhe erst recht nicht! Da bricht man sich die Füße! Welche Frau trägt freiwillig solche Foltermaschinen?« Sie deutete auf den Karton am Boden.

»Miss Churchill ...«

»NEIN!«

Oh Scheiße ... ich blähte die Nasenflügel und widerstand gerade so dem Drang, ihr diese besondere Frechheit ein für alle Mal auszuficken.

Stattdessen tat ich etwas, was ich in der letzten Zeit vehement vermieden hatte:

Ich packte ihren Arm und schob sie mit dem Rücken gegen meine verdammte Tür. Mit der anderen Hand stützte ich mich neben ihrem Gesicht ab.

Sobald ich die seidige Haut berührte, kribbelten meine Fingerspitzen und ein heftiger Schauder erfasste mich von Kopf bis Schwanz. Doch ich ignorierte es, konzentrierte mich ausschließlich auf ihr empörtes Keuchen und diese Riesenaugen, die mich verwundert anblickten.

»Um eines grundsätzlich klarzustellen, Miss Nein: Ich bin ihr Vorgesetzter und das heißt, wenn ich anordne, ziehen Sie sich nackt aus ...« Oh Fuck ... das hätte ich nicht von mir geben sollen, denn nun liefen die Dinge in mir auf Hochtouren, vor allem das Kopfkino und ... na ja, muss wohl nicht erwähnt werden ... »Und begleiten Sie mich so, werden Sie das tun. Sollte ich sagen, tragen Sie ein Pandakostüm und fahren Sie damit den ganzen lieben Tag auf einem Fahrrad durch den Tower, werden Sie das *ebenfalls* tun. Kommt mir in den Sinn zu befehlen: Legen Sie sich auf die Couch und bringen Sie diese kleine feuchte Spalte ...« Als ich sprach, verselbstständigten sich jene Finger, die sie nicht bestimmend an Ort und Stelle hielten, und glitten an ihrem fragilen Körper hinab ... bis unter den Rock ... Nur eine winzige Sekunde erlaubte ich mir, die zarte Hitze zu erfühlen …

und krepierte fast elendig. Nebenbei klang ich immer rauer ... »Zum Orgasmus ... während ich Ihnen dabei zusehe ...« Ich löste mich von dem Waldbrand zwischen ihren Beinen und ließ einen Strapshalter aufschnalzen – betrachtete sie mit erhobener Augenbraue ... »... dann?«

Sie hatte die Luft angehalten und war kreidebleich geworden, kein nerviges Gekaue mehr ... doch ihr Blick hing in meinem und der Atem setzte mit doppelter Geschwindigkeit wieder ein.

Als ich den übrigen Halter öffnete, zuckte sie zusammen und stöhnte leise auf, anstatt mir die gewünschte Antwort zu geben!

Sie stöhnte!

Dieser erregte Laut, der über volle, rosige Lippen kam und den *ich* zu verantworten hatte, stellte Dinge in mir an, die mir bis jetzt gänzlich unbekannt gewesen waren. Er drehte alles um und brachte mich in *wirkliche* Gefahr ...

Eigentlich wollte ich noch weiter gehen, sie zur Not ganz entkleiden, während sie sich hilflos, wie ich Frauen eben so mit meiner Art machte, nicht rühren konnte.

Aber meine Hände zitterten inzwischen so stark, dass es mir nicht länger möglich war, sie – *mich* – zu kontrollieren.

Die dreckigsten Bilder fluteten meinen Geist; Varianten davon, wie ich sie darüber hinaus dazu bringen konnte, solch herrliche Töne von sich zu geben – unter anderem ...

Ruckartig löste ich mich von ihr, wandte mich ab und ging zu meinem Tisch.

Ich brauchte Abstand. *Sofort!*

Sonst würde ich was sehr Unüberlegtes, Fickriges und Versautes tun, was sie womöglich animieren würde, weit und schnell zu laufen, und das durfte ich nicht riskieren.

Der Kleidersack lag vor ihren Füßen, sie lehnte nach wie vor an der Tür, die Strapse hingen locker an ihren wunderbaren Beinen herab und ihr Rock war hochgeschoben. Ich sah ihr Höschen, es war verdammt noch mal genauso pink, wie ihre verfluchten Haare ... und *feucht* ...

Nach wie vor ließ sie meinen Blick nicht los, als ich mich setzte und meine Krawatte daran hinderte, einen Ausflug in die nächste Kaffeetasse zu unternehmen.

»Dann?«, fragte sie nach Atem ringend.

»Ausziehen«, forderte ich ruhig, schob mich im Stuhl zurück und verschränkte die Arme hinter dem Kopf, bereit, die Show zu genießen. Scheinbar überlegen, aber eigentlich aus dem letzten Loch pfeifend.

Und im nächsten Moment verschwand die Hingabe und Erwartung aus ihren Augen und machte etwas typischem Platz: Trotz.

»Sie können mich mal!«

»Seien Sie vorsichtig mit den Dingen, die Sie zischen – Sie könnten sie schneller bekommen, als Ihnen lieb ist.«

Das verschlug ihr erneut die Sprache – mir auch.

In Wahrheit hatte ich nichts in der Art sagen wollen, ebenso wenig wie ich geplant hatte, sie zu berühren oder die freundliche Bitte zu äußern, sie möge sich in meinem Büro entblößen.

Scheiße!

Ich war verloren – sie übrigens auch.

Wir wussten es nur noch nicht.

6. Leo

Diese Augen. So dunkel. So verlangend. So unerbittlich.

Ich fuhr auf ihn ab, denn er stellte Dinge mit mir an, die ich nie zuvor gefühlt hatte.

Doch ich konnte – wollte – nicht nachgeben, denn es war nie meine Art gewesen, mich zu unterwerfen – ich war überall als Rebellin bekannt. Aber er brachte mich aus dem Gleichgewicht.

Meine Beine bebten anhaltend, ebenso wie mein Körper, nur weil er mich einmal berührt hatte. Mein kleiner Bär brannte förmlich – alles pulsierte.

Nach wie vor spürte ich seine Finger an meinen Schamlippen, in dieser intimen und so besitzergreifenden Geste, roch noch sein männliches kühles Parfum, das mich umnebelt hatte, sah seine riesige Statur über mir aufragen.

Doch jetzt saß er hinter seinem Schreibtisch, so ... sexy, gelassen und mächtig ... und wollte, dass ich mich einfach vor ihm auszog.

»Fordern Sie das von all Ihren Assistentinnen?« Meine Stimme klang mutiger als ich mich fühlte, aber ich schaffte es, dass sie nicht zitterte, und auch das krampfhafte Schlucken am Ende meiner Frage, sollte ihm hoffentlich entgangen sein.

Sein Grinsen war böse und gefährlich; die Augen funkelten verwegen, herausfordernd, während mit jedem neuen *dieser* Blicke die Waage weiter kippte ...

»Schon beim Einstellungsgespräch«, erwiderte er schlicht und irgendwie lauernd. Überhaupt kam er mir vor, wie der schwarze Panther, kurz bevor er sich auf seine Beute stürzt. Ironisch schnaubte ich auf.

Wieso hatte ich eigentlich gefragt und gehofft, er würde vielleicht aus Höflichkeit lügen?

Ich meine, in den letzten Wochen hatte ich mitbekommen, wie oft er mit Cecilia allein in seinem Büro sein wollte (und mich dafür vor die Tür schickte, wo ich dann warten durfte, wie der Hund vor dem Supermarkt, derweil Herrchen die dämliche Trine von jeder verfügbaren Seite beglückte …). Natürlich tat ich das nicht, verzog mich stattdessen in mein kleines Lieblingscafé und schaufelte rosa Eis in mich hinein. Die ersten drei Pieperanrufe ignorierte ich stets gekonnt, wohl wissend, wie sehr ihn das zum Kochen brachte. Doch irgendwann erbarmte ich mich und kehrte immer zurück.

Manchmal tat er es auch mir der Friseurin, der Kellnerin oder der verdammten Gattin seines Geschäftspartners. Mein Gott, sogar die lateinamerikanische Putzfrau wurde zu Feierabend schneller vernascht, als ich meinen riesigen Eisbecher verdrücken konnte.

Er machte vor *nichts* halt, war wie eine unaufhaltsame Frauen-Verführungs-Maschine!

Aber nicht mit mir!

Das dachte ich zumindest.

Noch.

»Sie sind ein richtiges Arschloch!« Es war raus, bevor ich mich aufhalten konnte – *endlich*. Das hatte ich ihm schon die ganze Zeit an den Kopf knallen wollen – mit aller Macht – und nur geschwiegen, weil ich diesen Job nicht verlieren durfte. Ja sicher, ich wusste, dass ich mich unpassend anzog und benahm … Mir war trotzdem klar gewesen, dass er mich nicht ablehnen würde. Nur, weil er ebenfalls seinen Plan verfolgte, ließ er mein Auftreten und Verhalten durchgehen. Leider besaß ich nicht die absolute Wild-Card, deswegen hatte ich wenigstens versucht, mich ein wenig zusammenzureißen, was gar nicht so leicht war … Denn ein gut verborgener Teil in mir wollte nichts dringender, als ihn vollständig aus der Reserve zu locken, ihn zum Durchdrehen zu bringen … und nun war das auch noch über meine Lippen gerutscht.

Ich wusste nur nicht so recht wieso … Weil er sich anderen gegenüber so verhielt? Oder, weil er *mich* so durcheinanderbrachte?

Kacke!

Jetzt würde er mich feuern. Hochkant. Niemand sagte so was zu Maddox Price ...

Doch, anstatt das zu tun, wurde sein Grinsen breiter, die verdammten Augen funkelten noch ein bisschen mehr, und in meinem Mund breitete sich Kalahariklima aus – mindestens.

»Ach ja?«

»Ja!«, spie ich ihm entgegen und presste die Zähne aufeinander, um das größte Fiasko zu verhindern. Vergebens, es platzte trotzdem einfach so aus mir raus.

»Schon mal dran gedacht, dass all diese Frauen, die Sie an nur einem Tag flachlegen, sich vielleicht wirkliche *Hoffnungen* machen? Darauf, dass sie den bösen dunklen Bad-Boy im sexy Anzug bekehren und für sich gewinnen können? Darauf, dass das, was Sie ihnen vorgaukeln, wenn Sie mit ihnen zusammen sind ... nämlich, dass sie Ihnen etwas bedeuten ... wahr sein könnte?«

»Woher wollen Sie wissen, was ich meinen Partnerinnen vorspiele und was nicht?«

Oh nein ... Mist! Verraten!

Jaaaa ... einmal hatte ich ... *gelauscht und* all die Worte gehört, die er gern in weibliche Gehörorgane raunte, während sie von einem Orgasmus bis zum nächsten durchschrien ... Sofort fühlte ich, wie das Blut in meine Wangen stieg, gleichzeitig fing es erneut an, zwischen meinen Beinen zu pochen.

Seine Augen verdunkelten sich noch mehr ... Er murmelte irgendwas vor sich hin, biss sich auf die Unterlippe, blähte die Nasenflügel und schloss die Lider.

»Ziehen Sie einfach das Kleid an, Miss Churchill. Ich verspreche Ihnen, morgen können sie wieder rumlaufen, wie ihr absolut durchgeknalltes Ich. Aber heute Abend müssen Sie wenigstens *so tun*, als wären Sie einigermaßen normal. Was aufgrund Ihrer Haar- ...« er zögerte kurz und fuhr stirnrunzelnd fort »... Pracht ... schon schwer genug sein dürfte.«

»Ich verstelle mich nicht, für keinen!«, zischte ich – er starrte mich an.

Streng. Kühl. Stechend.

Mich erfasste jenes Zittern, das ich auch bei seiner Berührung empfunden hatte ...

Was tat er nur mit mir?

»Nicht für Sie und erst recht nicht für diese scheinheiligen Leute, die sich nur durch Geld und ihr Äußeres identifizieren und bei denen der Charakter nichts zählt!«

Jetzt lächelte er ... leicht. Sein Blick wurde weicher, ebenso wie sein verführerischer Ton – leider.

»Genau das ist es, Miss Churchill ...« Oh bitte, konnte er mich nicht mal anders nennen?

Und ein nicht *ganz* so erotischer Tonfall wäre ebenfalls nicht übel, ach, scheiß drauf, am besten gleich eine andere Stimme! Wo war der nächste Heliumluftballon! Das ging ja gar nicht! Ich wollte mir die Ohren zuhalten, um nicht bei dem Klang seiner Worte zu zerfließen.

»Es geht ausschließlich um den Schein, und den müssen und *werden* wir wahren. Das tun wir schon seit dreißig Jahren. Mein Vater hat sich für diese Firma den Arsch aufgerissen, hat sie aus *Nichts* erschaffen und ich habe nicht die Absicht, sein Lebenswerk Ihretwegen zu gefährden. Diesbezüglich bin ich zu keinem Kompromiss bereit!«

»Als ob Sie das sonst jemals wären!«, platzte es erneut aus mir raus. Mein Blut kochte aus vielen Gründen, und alle waren sie schlecht.

Nun grinste er spöttisch und erhob sich geschmeidig.

»Wie bei allem im Leben ist dies eine Frage der richtigen Wahl, Miss ...«

»*Nein*! Sagen Sie es nicht!« Abwehrend hob ich die Hand, denn wenn er noch einmal meinen Namen erwähnte, würde ich auf der Stelle kommen.

Er stockte, aber dann lachte er ... wissend ... und das war noch vieeeeeeeeeeeeel schlimmer als das andere!

»Miss ... Punkergirl ...«, vervollständigte er sanft, sein Blick glühte auf meiner Haut.

»Jetzt liegt es an Ihnen. In zwanzig Minuten im Festsaal; entweder mit dem Kleid oder gar nicht.«

Somit entfernte er sich, ohne mich anzusehen. Er ging durch die ›Geheime Tür‹, wie ich sie nannte, weil er dorthin immer verschwand, mir jedoch nie erlaubte, mal zwanglos hineinzuschauen.

Erleichtert seufzend sackte in mich zusammen, als mit ihm auch dieses Prickeln und diese enorme Spannung den Raum verließen.

Zittrig berührte ich über dem Höschen meinen Kitzler und ... kam in der nächsten Sekunde.

7. Mad

Jetzt stand ich also in diesem riesigen Saal der neunten Etage und bekam den Mund nicht zu. Was da nämlich aus dem Aufzug stieg, war der fleischgewordene Ficktraum.

»MEIN!«

Was? HÖ? Hatte ich das gerade laut gesagt?

Keine Ahnung! Hätte auch einer der anderen sabbernden Lüstlinge sein können, die mich umgaben.

In diesem schwarzen Abendkleid, das sich so eng um jede noch so winzige Kurve schmiegte, wirkte sie einfach nur köstlich.

Wie ein kleiner Schwanzmagnet!

Für alle Anwesenden.

Aber sie lächelte *mich* schüchtern an und strich sich mit einer Hand die pinken *glatten* Haare hinters Ohr. Nun sah ich endlich, was für einen Schnitt sie wirklich besaßen. Es war so was, wie ein ... wie nannten es die Frisörtussen gleich? Aja ... Tom. Oder Bob? War ja im Grunde egal! Sie hatte sogar die Ohrringe benutzt, die funkelnd die Aufmerksamkeit auf ihren grazilen Hals lenkten, ebenso wie das Diamantenarmband an ihrem Handgelenk und die schlichte jedoch delikate Kette, deren Tropfen zwischen ihren Brüsten in dem tiefen Ausschnitt ruhte ...

Meine Beine verselbstständigten sich, als ich mir meinen Weg durch die starrenden Idioten bahnte.

Ich wollte sie vor allen an mich ziehen ... ihren verdammten Rock hochschieben und sie mit den Lippen zum Orgasmus bringen. Jedem Anwesenden zeigen, dass sie *mein* war.

Okay – Memo an mich:

Hände weg von Jack Daniels! Du denkst wirr!

Und genauso wirr war auch, was ich äußerte, als ich vor ihr stehen blieb.

»Zieh das Kleid weiter hoch!«

»Huh?« Mit großen Augen musterte sie mich ehrlich verwundert. Wahrscheinlich, weil ich sie geduzt hatte. Dann runzelte sie allerdings die feinen Brauen, bevor sich ihr Mund zu einem breiten Lächeln verzog, das kleine ebenmäßige Zähne offenbarte.

»Wieso?«, neckte sie mich verspielt, doch ihr Blick verriet, wie sehr ihr auch meine Aufmachung gefiel ...

Sie wollte mich.

Die Begebenheit zuvor im Büro hatte unsere Gemüter keineswegs besänftigt, der Sieg über sie, mich nicht befriedigt. Nein, denn jetzt brauchte ich mehr.

Ihren vollen Gehorsam und ihre volle Hingabe ...

Angefangen mit ihren vollen Lippen, und das war wirklich ungewöhnlich!

Gerade so konnte ich mich davon abhalten, meine Finger an ihre Wange zu legen und mit dem Daumen über die zarte Haut zu streichen.

Stattdessen verkeilte ich meine starren Kiefer und hielt meine Handfläche unter ihr Kinn. Sie verstand sofort und spuckte ihr rosa Bällchen entschuldigend lächelnd aus.

Lecker ...

Ohne eine Miene zu verziehen, verstaute ich es in einem Taschentuch, dann in meiner Hosentasche und bot ihr einen Arm.

»Eine kleine Vorstellungsrunde, Mylady?« Und als sie ihn nahm, sandte sie mit einer winzigen Berührung wieder ein Kribbeln durch meinen Körper. Natürlich entging mir ebenfalls nicht, wie tief sie durchatmete, als ich sie zu all den Reichen und Schönen dieser Erde schleppte und sie einem Investor nach dem nächsten vorstellte.

Nach ein paar Stunden war ich absolut baff.

Inzwischen wirkte sie nicht nur wie eine feine Dame mit ausgeflippter Frisur, sie verhielt sich auch so.

Jeden Einzelnen wickelte sie mit einer frischen, peppigen, aber trotzdem höflichen Art um den Finger.

Angefangen von den unbedeutenden Fischen, bis hin zu den

großen Haien.

Irgendwie gefiel mir das nicht, obwohl ich hätte zufrieden sein sollen. Sie benahm sich schließlich so, wie ich es wünschte ...

Gleichzeitig musste ich meinen blöden Arm ständig davon abhalten, sich auf ihre Hüfte zu legen, um die drahtige Gestalt an mich zu ziehen und den Idioten zu demonstrieren, wer von diesem Teller aß.

Seit wann ich so etwas über eine Frau dachte, wusste ich nicht. Mir war nur klar, dass sich dieses gesamte Spiel langsam aber sicher in eine katastrophale Richtung entwickelte. Dieses eine Mal war es tatsächlich möglich, dass ich am Ende als Verlierer im Regen stehen würde.

Physisch schien ich nämlich nach und nach zu vergessen, dass sie der Gegner war. Schließlich arbeitete und vögelte sie mit meinem größten Erzfeind und war nur bei mir, um an Informationen zu gelangen. Welche genau? Keine Ahnung!

Ich hingegen wollte unbedingt von ihr erfahren, wie Meyers - Immobiles den Deal mit Kasper an Land gezogen hatte, und diesen dann überzeugen, dass ich die besseren Lockmittel besaß. Doch sie sprach grundsätzlich nie von diesem Arschloch Meyer, natürlich nicht!

Ich musste sie ja auch verführen, ficken, unterwerfen und umdrehen!

Tja. Nur leider ... sträubte sich alles in mir, das zu tun.

Japp, dessen ungeachtet, dass ich körperlich absolut scharf auf sie war, gab es noch diesen mentalen Teil in mir. Jenen, der meine Hände erzittern ließ, sobald ich sie berührte ...

Wieso auch immer.

Leo

Als Steven auftauchte, obwohl er hier eigentlich nichts zu suchen hatte – diese Festlichkeit fand nur im Price-Imperium statt – war ich perfekt vorbereitet. Kaum hatte ich ihn in der Menge entdeckt, nickte er mir zu, weshalb ich umgehend mein bestes Strahlen aufsetzte, und mich an den großen, dunklen Mann an meiner Seite wandte.

»Ich muss mal kurz Hallo sagen ...«

Maddox Price – gerade vertieft in ein Gespräch mit einer prallbrüstigen Blondine, die für ihn arbeitete und mich mit Blicken erdolchte – sah sofort in die gleiche Richtung wie ich. Ein Ruck ging durch seinen Körper, die Muskeln schwollen scheinbar an und wurden genauso hart, wie der Ausdruck in seinen Augen. Er knirschte mit den Zähnen, die Nasenflügel blähten sich und einen Moment dachte ich, er würde mich über die Schulter werfen und wegschleppen.

Doch schließlich grinste er ... spöttisch, womit er mich fast umbrachte.

Die akrobatischen Tricks, die mein Herz vollführte, sobald er mich – egal wie – anlächelte, waren nicht normal ...

Irgendwie lief die gesamte Geschichte absolut falsch, was ich keineswegs weiterhin zulassen durfte. Denn ich musste unbedingt am Plan festhalten, sonst war alles verloren.

Scheinheilig verbeugte Maddox sich vor mir.

»Ich habe sowieso zu tun.« Damit deutete er auf seine persönliche Tippse, die beinahe hyperventilierte, lockte sie mit einer eindeutigen Fingerbewegung zu sich, drehte sich um und marschierte von dannen.

Natürlich folgte sie sabbernd, wie ein kleiner, dämlicher Hund, als hielte er eine unsichtbare Leine. *Er* war ein dämlicher Hund und nickte den Securitys, die an jeder Tür standen, im Vorbeigehen zu ... sie sollte sich wohl um Steven kümmern.

Es brodelte in mir, als ich sah, wie er inmitten der tanzenden Leute stehen blieb und sie an sich zog, sobald sie in seine Reichweite gekommen war.

Ich konzentrierte mich besser auf Steven, der hellhaarig, blauäugig und total überheblich an der Bar lehnend auf mich wartete. Zwei dieser gigantischen, schwarz gekleideten Gorillas gingen tatsächlich auf ihn zu und sprachen verhalten mit ihm, zogen sich jedoch nach einigen Worten diskret zurück.

Kaum war ich bei Steven, presste er seine Lippen auf meine.

Vor lauter Wut krallte ich mich in seine Schultern und legte alles in den Kuss, hoffte, dass *er* es sah und auch nur ein bisschen davon empfand, was in mir vorging, wenn er nur mit diesem blonden Silikondepot tanzte.

Steven grinste mich charmant an, nur sein Ton klang leise und berechnend, als er mich ebenfalls auf die Tanzfläche führte.

»Na? Wie läuft`s?«

Er wirbelte mich herum, sodass ich mit dem Rücken vor ihm stand und fuhr mit seinen Fingerspitzen an meinen Armen entlang. Der Mann wusste, was er tat, aber es gelang mir nicht, meinen Blick von *ihm zu* lösen, sobald er einmal auf ihm gestrandet war. Denn der unverbesserliche Typ hatte das blonde Gift an sich gezogen und fickte gerade langsam und genüsslich ihren Mund mit seiner Zunge.

Und das mitten auf einer Firmenfeier!

Mit beiden Händen hielt er ihr Gesicht in einer sehr dominanten Geste fest und rieb dabei gemächlich seinen Schritt an ihr ... *Hilfe*! Ich konnte förmlich *fühlen*, wie sie sich seinem sinnlichen Überfall ergab und dahinschmolz. Es musste wunderbar sein, sich in seinen starken Armen fallen zu lassen ...

Mir stiegen Tränen in die Augen, ich drehte mich zu Steven, dessen Eisblick mich super abkühlte.

»Ganz gut ...«

Er zog eine scharf geschnittene und für die hellen Haare und Iriden viel zu dunkle Braue hoch.

»Wann kann ich mit Ergebnissen rechnen?« Damit packte er mich an der Hüfte, zog mich ruckartig an sich und stieß meinen Oberkörper nach hinten. Seine Lippen geisterten über meinen Hals, während ich mir wünschte, es wären *seine* und die Lider aufeinander presste.

»Es dauert noch ein bisschen ...«, knurrte ich schon fast und wurde von ihm zurück in die Senkrechte gehoben.

»Weshalb?«, kam es messerscharf. Signifikant für einen Mann, bei dem stets alles nach Plan verlief und der nichts anderes duldete.

»Er ist ... sehr verschlossen ...«

»Das heißt, du hast bisher nicht mit ihm gevögelt?«

Ich wurde rot, doch Steven lachte und wirbelte mich einmal um die eigene Achse, um mich dann mit einem Ruck wieder an seinen großen Körper schnellen zu lassen.

»Verfällst du ihm etwa, so wie jede x-beliebige Schlampe?« *Jetzt* klang er wirklich warnend und ich kicherte ... hysterisch.

»Sicher nicht!«

Ruckartig blieb er stehen ... und starrte düster auf mich herab.

Eine Minute, zwei ... Ewigkeiten vergingen, währenddessen ich mich immer ertappter fühlte. Und beobachtet – wieso auch immer!

Sicher interessierte ich mich nicht für dieses ... dieses ... *Arschloch!*

»Himmel nein! Ich fahr nicht auf Maddox Price ab!« *Obwohl mein Herz nur lauter Saltos vollführt, wenn ich an ihn denke oder ich seinen Namen ausspreche!*

Scheiße! Wem mache ich eigentlich was vor?

Ich steh auf den Kerl! Würde ich sonst seinetwegen so ein inneres Chaos durchleben? Vergessen, wer und wie ich bin?

Nur ein Gefühl bringt einen dazu, so geisteskrank zu reagieren und aus sich heraus zu gehen.

Jeder weiß, wovon ich spreche ... aber das kann doch nicht sein.

Nein! Das DARF nicht sein! Das macht alles kaputt!

Er ist der Feind! PUNKT! AUS! BASTA!

Entschlossen beendete ich den internen Monolog und konzentrierte mich wieder auf das Hier und Jetzt.

Stevens Gesicht verlor jeglichen Ausdruck, die Lippen beschrieben nur noch einen dünnen Strich, dann runzelte er die Stirn und hauchte »Beweis es!«

In der nächsten Sekunde führte er mich aus dem Saal ... wobei er der Security zunickte. Sie hatten gewonnen. Kaum hatte er ein verwaistes Büro gefunden und die Tür hinter uns zugeknallt, gruben sich seine Finger in mein Haar und Holz in meinen Rücken.

Mad

Als er sie mitzerrte, hielt ich es einfach nicht mehr aus.

Ich drehte ein kleines bisschen durch ... und tja ... Cinde... rella war die Einzige, die ich gerade zur Hand hatte.

»Wir gehen!«, befahl ich also in gewohnter Manier und drängte sie aus dem riesigen Raum, danach den nur spärlich erleuchteten Gang entlang und nach rechts ... Die Tür war offen, das Zimmer leer, was sich darin befand? Keine Ahnung!

Wer achtet in einem solchen Moment schon auf seine Umgebung?

Ich schubste sie gegen die Wand und öffnete im gleichen Atemzug meine Hose. Er war schmerzhaft hart, ich brauchte dringend Erleichterung und ... noch etwas ...

Doch dabei wollte ich Cinderellas Gesicht echt nicht sehen.

»Dreh dich um!« Während ich das in ihr Ohr raunte, schob ich ihren Rock über den Arsch. »Und bereite dich für mich vor!«

Erst als sie tat, wie ihr befohlen und sich mit einem Wimmern selbst berührte, begann ich, auch meinen Schwanz zu bearbeiten.

Und währenddessen verschwamm alles vor meinen Augen ...

Ihre blonden Haare wurden pink und kürzer, die prallen Silikonbrüste kleiner, nicht mal eine Handvoll. Die ausladenden Hüften schmäler und ihre Spalte ... Scheiße ... die wurde enger, als ich mit einem undefinierbaren Knurren ihre Finger ersetzte und von hinten in sie eindrang. Gelockt von dieser verführerischen Verführung.

Leo

Maddox Price fickte mich, bis ich kaum atmen konnte und mir Schweiß und Tränen gleichermaßen über den Körper liefen. Oh Ozzy!

Erst jetzt fiel mir auf, wie sehr ich mich die letzten Wochen nach ihm gesehnt hatte.

Was total verrückt war, denn wie kann man etwas vermissen, was man gar nicht kennt und noch nie besessen hat?

Wieso fühlte es sich an, als könnte ich ihm trauen, wo mich das Leben doch gelehrt hatte, *das bei niemandem zu tun*?

Wie auch immer ... er war hier ... in mir ... und während meine Hände und mein Oberkörper gegen das Holz der Tür gedrückt wurden, und er sich wiederholt tief in mich rammte, wurde es mir so langsam aber sicher klar ...

Bisher hatte ich aus Angst noch nicht mit ihm geschlafen.

Mich beherrschte unterbewusst die Furcht, dass diese Intimität mit ihm komplett anders sein würde, als mit anderen Männern. Tiefer gehend und mich am Ende zerstörend.

Die Emotionen, die mich überkamen, nur wenn er mich ansah oder mit mir sprach, waren bereits zu stark, wie würde es dann erst sein, wenn er *in* mir wäre?

Nackt und wunderschön ... wenn er mir mit diesem besonderen Blick im Bett etwas befehlen, mit dieser traumhaften Stimme versaute Dinge in mein Ohr hauchen würde, während sein Schwanz tief in mir wäre und mich als sein markieren würde ...

Allein die Vorstellung katapultierte mich über den Rand, und zunächst bemerkte ich nicht, dass ich *seinen* Namen schrie.

Kurz darauf schon, weil Stevens Reaktion (der eigentlich in mir war) erfolgte ...

Mad

Das pinke Luder war so eng, so perfekt und zart.

Ihre Beine zitterten, doch sie hielt meinen Stößen stand. Meine Finger waren nun in ihre rosa Haare gekrallt ... ihr frisch versohlter Arsch wirkte so erregend in all seiner roten Pracht.

Es war wirklich befreiend gewesen, dieses Gör endlich zu bestrafen!

Ich umfasste ihre Brust, zwickte ihr in den Nippel und sie schrie meinen Namen, als sie kam. Allein diese Illusion, ließ mich so heftig abspritzten, wie noch nie zuvor in meinem Leben und ...

Ich merkte erst, als es vorbei war, was ich beim Orgasmus zwischen zusammengebissenen Zähnen gestöhnt hatte.

Ihren Namen!

8. Mad

»Darf ich sonst noch etwas für Sie tun, Sir?«

»Seit wann nennen Sie mich Sir?«

»Wieso sind Sie heute schon den ganzen Tag so gereizt?«

»Ich habe gefragt, weshalb Sie überall Hämatome haben, und das nicht nur einmal!«

»Und ich sagte Ihnen, das passiert öfter mal, wenn man guten Sex hat!«

»Ich wusste gar nicht, dass Sie derartigen Neigungen frönen.«

»Sie ...!«

»Ah ah ah« Mein Zeigefinger hob sich. »Keine Forderungen, die Sie nicht erfüllt haben möchten!«

»Dann lecken Sie sich doch selber am Arsch!«

Ich musste lachen, obwohl mir dazu eigentlich gar nicht zumute war. Dieser kleine pinke Albtraum, der mich neuerdings um den Schlaf und entspannende, normale Ficks brachte, trug nämlich verfluchte blaue Flecken an den Oberarmen spazieren.

Steven – der Hurensohn.

»Kann ich denn jetzt noch etwas für Sie tun?«

»Sie haben bereits genug getan!«, knurrte ich.

»Und Sie nicht, oder wie?!«, zischte sie und stolzierte zu ihrem Schreibtisch.

Auf langen Beinen und natürlich ... wie sollte es anders sein? ... verdammten Strapsen. Dieses Mal ohne Löcher sondern mit eingearbeiteten Rosen!

Grummelnd verlagerte ich meinen Schwanz in meiner viel zu engen Anzughose und erdolchte sie durch den Raum hinweg mit Blicken.

Seit diesem blöden Event am Wochenende ging das schon so. Der Kalte Krieg war nichts gegen das hier! Bald würde die

Atombombe hochgehen und es würde Verletzte, wenn nicht sogar Tote, geben!

Ihre Würde.

Ihren Stolz.

Meine Würde.

Meinen Stolz.

Unsere Prinzipien ...

EGAL!

»Du willst es so ...«, murmelte ich, während ich meine Papiere durchblätterte, was mir ein höfliches »Wie bitte?« von der anderen Seite einbrachte. Ich schnaubte ironisch und blickte stur auf meinen Monitor.

»Nichts, nichts ...« Ohne sie zu beachten, hackte ich auf meine Tastatur ein und rief Cinderella an. »In zwei Minuten in meinem Büro! Wie immer.« Dann beendete ich das Gespräch, lehnte mich zurück, verschränkte die Arme vor der Brust, neigte den Kopf zur Seite und sah sie an.

»Ich weiß, dass *Sie* mich wollen«, stellte ich nüchtern klar.

Japp! Das wusste ich wirklich, die Botschaft war ihrem Blick zu entnehmen, förmlich in der Atmosphäre zu riechen ... dennoch presste sie die Lippen zusammen und verengte die Augen.

»Niemals!«, knurrte sie.

Es überraschte mich nicht, ich hatte gewusst, dass das kommen würde ... Denn irgendetwas hinderte sie ... zwang sie, vor mir zurückzuschrecken ...

Doch ab jetzt würde ich zu anderen Mitteln greifen, es reichte nämlich.

Das Blickduell brach ich nach einer Weile schnaubend ab und konzentrierte mich weiter auf meinen (schwarzen, aber das sah sie ja nicht) Monitor.

Ich wartete ... und wartete ... geduldig ...

Als es kam hätte ich fast meine Faust in die Luft gerammt!

»Wissen Sie was, dieses Mal gehe ich nicht! Wenn ich noch mehr Eis esse, können Sie mich irgendwann rollen!«

Natürlich sah ich sie nicht an, während ich ruhig erwiderte: »Ich ahnte, dass *Sie* gern miterleben würden, wie ich es irgendwem besorge – vorzugsweise *Ihnen*. Nun müssen Sie es sich nur noch selbst eingestehen und schon kann`s losgehen ...«

Sie war wirklich gut. Nicht einmal ein schockiertes Keuchen entlockte ihr mein Beitrag, stattdessen antwortete sie ebenfalls verdammt trocken:

»Als ob ich damit alleine wäre! Glauben Sie, ich sehe nicht den Ständer, den *Sie* immer mit sich rumtragen, sobald ich in der Nähe bin? Verraten Sie mir, Mister Price, auf wie viele Arten haben sie es mir bereits in Ihrer Fantasie besorgt, weil sie mich nicht in der Realität haben konnten?«

Scheiße!

Wenn sie so weitermachte, würde ich jeden Moment unkontrolliert in meine Hose spritzen.

Mein Blick schweifte zur Uhr am unteren Rand des Monitors ... Wo war das blonde Gift nur, wenn ich es brauchte?

Dann trieb ich es eben auf die Spitze, überzeugt, aus dieser Schlacht nicht als Loser herauszugehen. Verlieren kam einfach nicht infrage – nie!

»Miss Churchill ... ich darf Sie doch so nennen, obwohl es Sie so aufgeilt, dass ich Ihren Kitzler nur anschnippen müsste, damit Sie kommen?«, erkundigte ich mich freundlich, woraufhin sie tatsächlich leise kicherte.

Verflucht ... das war eines dieser tiefen, erregten Lachen. Ich war sicher, dass sie gerade getarnt von ihrem Schreibtisch, die Schenkel aneinander rieb, so sehr machte ich sie an. Sie meinte, sie könnte *mich* dazu bringen, die Kontrolle zu verlieren und sie anzuflehen, endlich diese verdammten Strapsbeine breitzumachen? Als ob ich jemals vor einer Frau auf Knien rutschte ...

Diesen Irrglauben galt es, zu zerstören.

Ein für alle Mal.

»Ich frage mich, was Sie zu der Annahme verleitet, mit Ihrem Chef über solch private und intime Angelegenheiten zu sprechen ...«

»Ha!«, rief sie aus. »*Der* war gut! Privat und intim! Dass Sie diese Worte überhaupt kennen, wundert mich ehrlich! *Jedes* mitleiderregende weibliche Wesen, das Ihnen im Tower schon einmal begegnet ist, spricht darüber, wie groß ihr Penis ist!«

»Die größten Lebensereignisse bleiben einem stets in Erinnerung ...« *Das* konnte und wollte ich mir beim besten Willen nicht verkneifen.

»Sie bezeichnen jetzt aber nicht die Begegnung einer Frau mit Ihrem Penis als ein Lebensereignis? Wieso verewigen Sie es nicht gleich bei Facebook?«

»Wenn Sie endlich ihren kleinen Arsch zusammenkneifen und sich eingestehen würden, dass Sie so ein Event dringend brauchen, wüssten Sie, warum ich das sage ...«

»War das gerade ein Angebot?«

»Eine Warnung!«

»Wovor?«

Es klopfte genau viermal.

Nun blickte ich auf und sie düster an.

»Vor mir.«

Was denn sonst?

Damit erhob ich mich und öffnete Cinderella die Tür.

Dann würde ich Miss kleine, verrückte, arschgeile Punkergöre mal zeigen, wovon exakt ich gesprochen hatte ...

9. Leo

Misthaufen!

Das war wirklich ein aufwühlender Chef!

Es gehörte ernsthaft verboten, dass sich männliche Kiefer so beim Küssen bewegen, dass Hände so wundervolle lange Finger besitzen oder Blicke so tief in den Bauch vordringen können ... zumindest dann, wenn all diese gefährlichen Waffen nicht an mir zum Einsatz kamen!

Ja! Ich gebs ja zu: Ich war sauer!

Richtig!

Er hatte sich schon wieder dieses ... blonde ... Huhn ins Büro bestellt, das mich nur verwirrt ansah, als es reinkam, obwohl er endlich MICH NEHMEN SOLLTE! VERFOTZT UND ZUGENÄHT!

Wollte er mich doch nicht? Hatte ich mir all die verlangenden visuellen Botschaften nur eingebildet? Ich wusste es ehrlich nicht, war aber sowieso zu keinem klaren Gedanken mehr fähig, denn er löste sich soeben von dem immer noch leicht verstört wirkenden Federvieh und grinste mich an.

»Hm ... mal sehen, welche Perspektive den besten Ausblick bereithält ...«, sinnierte er tatsächlich laut und tippte sich auf die Unterlippe.

Mein Ausdruck hätte kälter nicht ausfallen können. »Das wagen Sie nicht!«

Daraufhin ertönte nur ein dunkles Murmeln. »Wetten?«, bevor er sie zur weißen Couch führte, die sich dicht vor den riesigen, verglasten Scheiben und zwischen unseren Schreibtischen befand. Abschätzend fixierte er meine Sitzposition und das Sofa, rückte die Frau etwas nach links, noch ein wenig ... ein erneutes winzig kleines Stück – oh man ... der Kerl war echt Perfektionist, ich verdrehte die

Augen – und ... war dann endlich zufrieden.

»Gut so? Ich will nur, dass Sie auf jeden Fall mitbekommen, worauf Sie freiwillig verzichten ...«

»Sie sind widerlich!« Ich klang absolut mörderisch.

»Und Sie aufgegeilt ... Über wen sagt das jetzt mehr aus?« Damit wandte er sich an das blöde Hühnchen ... sah sie an, strich ihr beiläufig ein paar Haare aus der Stirn, und ich schwöre, von alldem was er zu tun beabsichtigte, verletzte mich nichts ... *Kein bisschen!* Aber diese eine Geste schon! Irgendwie ... ein wenig.

Sie stach direkt in mein Herz, und ich ahnte, dass ich genau deshalb aufstehen und laufen musste! Schnell und weit, nur dummerweise schaffte ich es nicht einmal, wegzusehen.

»Alles klar?« Ja, richtig! Noch mehr Schmerzen!

Warum erkundigte er sich nach *ihrem* Wohlbefinden, als läge ihm etwas an ihr? Als wäre er gar nicht das Arschloch! *PAH!*

Musste er nebenbei zu allem Überfluss ihre Brust massieren und sich dann, nachdem sie übereifrig und fast mit tränendem, hingebungsvollem Dackelblick genickt hatte, runterbeugen und sie küssen?

Oh Mist ... Seine Hände kneteten nun ihren Arsch, der in einem schwarzen Rock steckte. Ihr wohliges Keuchen ertönte, als er sie kurz darauf ruckartig auf die Couchlehne hob. Sie schmiegte sich an seinen gigantischen, männlichen Körper, stöhnte nach mehr verlangend in seinen Mund und ich konnte *leider* zu gut erkennen, wie er den wirklich imposanten Ständer, der im Grunde mir galt, das wusste ich einfach, zwischen ihren Beinen rieb. Nicht einmal ließ er meinen Blick los ...

Zielsicher schob er den Stoff an ihren Schenkeln hoch. Ordentlich, ja das war er. Wirklich mit allem.

Ihre Finger krallten sich in die Lehne unter ihr, sie verlor das Gleichgewicht auf den wackligen Pumps und sicher aufgrund seines Kusses.

Es entging ihm nicht, denn er packte ein Knie, hob es an und dann ... fickte er sie praktisch angezogen ...

Sein Arsch in der Anzughose sah dabei so wahnsinnig heiß aus ...

Ich fühlte, wie ich feucht wurde und mein Blut allein bei der Vorstellung in Wallung geriet, er würde seinen durchtrainierten Körper nur ein einziges Mal so an meinem bewegen ... Sie war viel größer als ich, weshalb sie bedeutend besser zusammenpassten, als wir beide und dennoch ...

Oh Mist! Was stellte ich mir hier eigentlich vor? Aber die weitaus wichtigere Frage lautete doch: Wieso quälte ich mich so?

Warum folgte ich nicht Stevens und meinem Plan, sondern hielt Maddox Price seit gefühlten Ewigkeiten auf Abstand, obwohl ich ihm physisch gesehen bereits absolut hörig war? Es kam sowieso einem Wunder gleich, dass ich mich so lange gegen das, was mir meine Sinne/Instinkte rieten, wehren konnte! Jawohl, 99 Prozent der Entscheidungen werden durch Instinkte beeinflusst, welche die Natur schon vor Jahrtausenden auf unserer Festplatte gespeichert hat, damit wir auch nur den Hauch einer Chance bekommen, auf dieser unberechenbaren Erde zu überleben.

Ich meine, er wollte mich in den Wahnsinn treiben, was ihm auf ganzer Linie gelungen war, denn er machte mich mit dieser Show unsagbar an.

Ich hätte mich über diese Einlage freuen sollen! Man sieht nicht täglich ein wildes Tier von Mann bei dem, was er am besten kann. Das war besser als jeder Sexfilm oder Buch!

Aber – mein Herz!

Das protestierte komischerweise bei dem Anblick, wie er mit seiner Hand gemächlich über ihr Höschen rieb, derweil er ihren Hals küsste, daran saugte und die empfindliche Haut biss ... Sie verschwand unter dem zarten Stoff ... um kurz darauf vor Feuchtigkeit glänzend wieder zum Vorschein zu kommen.

Und immer noch hielt er meinen Blick gefangen, während er den feuchten Beweis ihrer Erregung ungeniert ableckte, seine Lippen dabei genüsslich verzog und mich dann schulterzuckend ansah.

Ja ja ...

Als sie auch nach seiner Hose griff, stöhnte er heiser ... und schließlich tat er etwas wahnsinnig Erotisches, was mir fast den Rest gab. Er ließ den Kopf nach hinten fallen, sein Adamsapfel hüpfte, die zarte Haut an seinem Hals spannte so sehr, dass man seinen rasenden Puls sehen konnte, als sie über die wirklich riesengroße Delle in seiner Anzughose strich. Hoch und runter ... hoch und runter.

»Scheiße ... so gut ...«, keuchte er abgehackt und bewegte seine Hüften. »Nimm beide Hände ...«

Als Nächstes befriedigte er sich mithilfe ihrer Finger ... Er wusste echt, was er wollte und er hatte keine Skrupel, das in allen Lebenslangen zu erlangen. Im Moment: Lust.

Und die verbreitete er gnadenlos im Raum.

Mein Mund wurde trocken ... wahrscheinlich, weil sich jegliche Flüssigkeit woanders hin verschob.

Der Anblick, wie er sich mit ihrer Hilfe Befriedigung verschaffte, wie selbstvergessen dieser mächtige Mann wirkte, wie offenherzig er sich mir so präsentierte – er besaß ein enormes sexuelles Selbstbewusstsein ... Das war der absolute Anturner und gleichzeitig wollte ich schreien ...

Ununterbrochen, und ihm etwas an den Kopf schmeißen ... am besten mich selbst ...

Aber nein ...

Oh verflucht, scheiß drauf!

Es war der Plan und ich hatte vor, ihn auszuführen!

Ich würde ihm zeigen, was wahre Leidenschaft bedeutete, denn ich würde Maddox Price verführen!

Jetzt und auf der Stelle und somit ... Begannen die *richtigen* Spiele erst!

Alles war besser, als noch eine einzige Sekunde dabei zusehen zu müssen, wie er dieses so starke Gefühl mit anderen Frauen teilte.

10. Mad

Ich hatte Cinderella soeben befohlen, auf die Knie zu gehen und öffnete meine Hose.

»Und? Wie fühlt es sich an, Miss Punkergirl?«, fragte ich scheinbar gelangweilt.

Als mein Blick jedoch auf ihr strandete, konnte ich nicht anders, als meine Augen nur ein winziges Stück aufzureißen.

Denn *das Luder* hatte ihren Schreibtisch mittlerweile umrundet und balancierte ihren Arsch auf der Kante, ähnlich wie am ersten Tag. Breitbeinig ... mit rein gar keinem Höschen unter ihrem Rock ... den sie gerade an ihren Straps-Schenkeln nach oben schob. Diese kleine Bitch!

Dabei sah sie mich fest an und grinste wissend, bevor ihre Hand die Reise aufnahm und an diesem einen Mittelpunkt meines sexuellen Begehrens stoppte.

Ich stöhnte, für einige heisere Atemzüge absolut überwältigt, als ihr grazier Finger kurz abtauchte und sie es mir mit gleicher Münze heimzahlte. Allerdings drängte sich das nun feuchte Folterwerkzeug langsam zwischen volle rosa Lippen, während sie ihren Kopf in ekstatischer Selbstvergessenheit zurückfallen ließ ...

Dann ploppte der Finger auch schon aus dem Mund – sie lächelte lasziv.

»Verdammt feucht, Mad ...«

HA!

Jetzt musste ich doch tatsächlich grinsen und gleichzeitig Cinderellas Hände festhalten, die wollte ihn nämlich rausholen, aber ich bestimmte immer noch, wann sie das tat.

»Du nennst mich MAD? MAD, wie verrückt?« Ich klang so erregt, wie ich war.

Diese Frau würde meinen Tod bedeuten, denn sie rekelte sich lustvoll, schob das flattrige, dünne Shirt an ihren Bauch nach oben und widmete sich dann ihrer kleinen Brust – vor allem einem Nippel ... Das sexy Gör trug *natürlich* keinen BH, musste sie bei diesen Prachttitten auch nicht, nebenbei bemerkt, und zwickte rein.

»Wieso nicht?« Die Kaugummiblase platzte

So, das war´s, sie *machte* mich MAD!

Ich konnte meinen Blick nicht von ihr nehmen, und Cinderellas Tussenhände waren mir schon die ganze Zeit verflucht unangenehm und falsch vorgekommen ...

»Hört auf!« Damit meinte ich beide Frauen, Cinderella hob ich währenddessen ruckartig auf die Beine, ließ die andere jedoch nicht aus den Augen.

Diese wäre nicht das kleine, provozierende Ding gewesen, welches sie war, wenn sie meinem Befehl tatsächlich nachgekommen wäre.

»Bring mich doch dazu ...«, raunte sie stattdessen UND LIESS DANN EINE WEITERE VERDAMMTE KAUGUMMIBLASE PLATZEN!

Ich fühlte mich wie ein Hund beim Klickertraining. Sobald die blöde Blase detonierte, machte ich, was sie wollte – sie hatte mich gut konditioniert.

»Du darfst jetzt Feierabend machen ...«, sagte ich zu Cinderella gewandt, womit ich mal wieder das absolute Arschloch raushängen ließ.

Aber mein Schwanz begehrte nun mal nicht blond, sondern pink, weshalb ich Goldlöckchen noch einen abwesenden Klaps auf den Arsch gab, bevor ich die Arme verschränkte und mich gegen die Couch lehnte. Keine Ahnung, wie das hellhaarige Gift aussah, als es mein Büro verließ, denn ich legte den Kopf schief und beobachtete nur das Wunder der Sinnlichkeit vor mir.

»Was willst du?«, forderte ich schließlich die verdammte Antwort.

»Meinst du, ich sitze jeden Tag so auf dem Schreibtisch rum?«

»Meinst du nicht, dass ich davon wüsste?« Schnaubend zog ich mein Jackett aus.

Langsam wurde mir dieses ewige Hin-und-her-Gerede und Getue zu blöd ... Es musste hier endlich mal was passieren! So nach fast 100 Seiten!

»Weißt du was? Ja! Ich will dich! Seit dem ersten Moment in dieser verdammten löchrigen Strumpfhose ... Aber da gibt es ein geringfügiges Problem. Du bist hier, um mich zu betrügen.« Meine Krawatte wurde ordentlich gefaltet und auf die Jacke gelegt.

»Und?«

»Du bist nicht hier, weil du meine Assistentin sein willst, und ich habe dich nicht eingestellt, weil ich eine brauchte. Ich habe keine Lust mehr auf den verdammten Bullshit ... Das ist nicht mein Stil. Daher sind wir ab jetzt ehrlich, soweit es uns möglich ist ...« Mein Hemd war offen. »Fazit: Du bist ein provozierendes Biest, das sich nichts sehnlicher wünscht, als von mir gefickt zu werden.« Ihr verschleierter Blick klebte an meinem Shirt, welches ich mir soeben über den Kopf zog – somit meinen Oberkörper entblößte.

Sie keuchte leise, ich grinste ... ein bisschen.

»Merke dir gut, was ich dir sage, denn ich werde es nicht wiederholen: Ich bin sexsüchtig und wollte in meinem Leben noch nie etwas so dringend, wie dich. Also wirst du mir gehören ... Führe ruhig dein kleines, dreckiges Spiel mit mir fort, ich werde dasselbe mit dir tun. Es wird umso interessanter, weil wir wissen, wie heiß wir uns dabei verbrennen können ...« Ja, auch ihre dunklen Augen brannten ...

Das war alles, was ich ihr bieten konnte, aber mehr als eine andere Frau jemals von mir bekommen hatte.

Ihre Hand war erstarrt ... Genauso wie ihre Atmung, denn sie wusste, dass dies der alles entscheidende Moment war.

Haben die beiden Hauptdarsteller auch nur den Hauch einer Chance, oder ersticken sie alles im Keim?

Sind sie mutig? Springen sie über die Kante oder werden sie vor dem Unbekannten zurückschrecken und sich für immer fragen: Was wäre wenn?

Komm schon Baby ... komm schon! Sag ja!

Verdammt! SPRING!

Ich brauche dich unter mir!

Wo wir schon mal ehrlich sind: Du bist die geilste kleine Schlampe, die mir je untergekommen ist, aber ich kann das nicht tun, wenn du nicht ja sagst, verdammt!

Sag ja zu mir!

SAG ES!

ICH WILL ES HÖREN!

Als hätte sie mein stummes und so jämmerliches Gebet gehört, verdrehte sie die Augen und ... nickte dann behäbig.

Okay!

Das reicht wohl auch ...

»Gut.«

Mein Blick hielt ihren gefangen, die Hände schalteten in Automodus.

Ich half ihr, indem ich meinen Gürtel öffnete, die Beine standen fest auf dem Boden, die Bewegungen waren langsam. Der Knopf meiner Hose folgte, der Reißverschluss ergab sich ebenfalls ...

Das war alles, was sie freiwillig von mir als Hilfe bekommen würde ... den Rest ... musste sie sich schon selber holen.

11. Leo

Okay! Er war wirklich ein Bild von einem Mann. So ein vor Sex strotzendes Wesen hatte ich noch nie live und in Farbe erlebt! Er sah nicht nur in Anzug aus wie ein verdammtes Topmodel – jetzt mit provozierend offener Hose, freiem muskulösem Oberkörper und eindeutig eingehakten Daumen, erst recht.

Richtig sexy machte das Ganze aber die Aufforderung in seinen Augen. Der stumme Befehl.

Er wusste genau, wie sehr ich es hasste, den Dackel zu spielen. Doch im Moment galten andere Regeln.

Also hielt ich fest seinen Blick und glitt vom Tisch. Mit wiegenden Hüften schlenderte ich auf ihn zu, sah ihn immer noch an. Er zuckte nicht mal mit der Wimper.

Es war irre ...

Gleich würde ich ihn das erste Mal tatsächlich berühren ... Der Atem stockte in meiner Kehle, als ich meine Hand auf seine Brust legte, unter meiner Handfläche das Herz schlagen fühlte, und herabstrich, die leichten Ausbuchtungen seiner Muskeln ertastete, darauf lauerte, dass sich irgendwas an ihm regte, er irgendwie auf meine Annäherung reagierte.

Das tat er nicht ...

Bis ich, wie es so meine Art war, in einer forschen Bewegung in seine Hose rutschte und ihn umfasste ...

OH Gott!

Nun bekam ich es fast mit der Angst zu tun. Ich meine, ich bin wirklich zierlich innenrum, und er ein *wahrer* Riese.

Oh. Mein. Heiliger ...

Provozierend hob er eine Augenbraue. »Zufriedenstellend?«

Es gab nur eine Antwort.

»Für den Anfang reicht`s ...« Ich konnte nicht mal zu Ende sprechen, da hatte er schon mein Handgelenk umklammert und mich von sich gelöst. Er wirbelte mich herum, sodass ich mit dem Bauch an die Couch knallte, sich mein Arsch gegen ihn presste und meine Lunge zu kollabieren drohte.

Seine Lippen berührten mein Ohr und er sprach gleichzeitig – eine gefährliche Mischung!

»Zurück zum Thema: Du wolltest es dir doch gerade selber machen. Dann tu das auf mir!«

Oh scheiße ... scheiße ... scheiße ...

Oh scheiße, es sieht nicht so aus, als würde er mich jetzt noch davonkommen lassen, aber ganz ehrlich! Welche Frau sollte das in einer solchen Situation auch wollen?

Ich sehnte mich danach, ihm mit Haut und Haaren zu gehören, und ja, ich geb´s zu, das war erbärmlich, denn es entlarvte nur meine verdammte Oberflächlichkeit. Er war ein Arschloch, aber eben ein absolut hammerscharfes! Und keine einigermaßen erregbare Frau hätte jetzt noch klar denken können. Ich sag ja, Instinkte regieren uns ... alleine uns einzureden, dass es nicht so ist, bestätigt diese Aussage.

Seine Berührungen, die an meinem Rücken herabwanderten, kribbelten wild, sodass ich mich wand, doch im nächsten Moment hatte er auf meinem Hintern bereits einen schönen, brennenden Handabdruck verewigt und umrundete die riesige Sitzgelegenheit, bevor er sich lässig darauf niederließ, einen Arm hinter den Kopf gelegt.

»Zeig mir, was du zu bieten hast!« Obwohl er sozusagen unter mir lag, klang das so machtvoll, dass mich ein heftiger heißer Schauder erfasste.

Das war so ... wie sollte ich das tun, ohne wie eine billige Schlampe zu wirken? Vor allem, dachte er wirklich er besäße die totale Macht über mich?

HA!

Mein Blick glitt durchs Zimmer und blieb an etwas haften ... Mal gucken, was er dazu anzumerken hatte!

Zu aller erst musste das Shirt daran glauben, ich zog es mir einfach über den Kopf und schmiss es achtlos hinter mich in den Raum – wohl wissend, was Mister Ordnungsfreak davon hielt ... also lächelte ich ihn besonders zuckersüß an, als er ungehalten die Stirn runzelte.

Zum Glück standen Karaffe und Gläser des teuren Whiskeys gleich auf dem Beistelltisch neben mir. Der war nur für die Extra-Super-Kunden. Einen Schluck schenkte ich mir ein und genehmigte mir ein wenig. Dann hob ich das halb volle Gefäß, legte den Kopf schief und schüttete die kostbare goldene Flüssigkeit über meinen Körper. Das Kristall folgte dem Shirt.

Als würde eine unsichtbare Macht ihn anziehen, kam er mit dem Oberkörper nach oben und setzte sich mit offener Hose und breitbeinig auf, die Füße am Boden. Es war wohl dieselbe Kraft, die auch mich befähigte, auf ihn zuzugehen.

Wie selbstverständlich blieb ich zwischen seinen Knien stehen, sah die Blitze in seinen tiefen Augen und den eindringlichen Blick, der mich bei lebendigem Leib verschlang.

Mit einer fast schon strafenden Bewegung umfingen beide Hände meinen Arsch und zogen mich näher, die Lippen berührten meinen Bauch und die feuchten Spritzer auf meiner Haut, während er murmelte.

»Sie wissen schon, dass man einen so guten Tropfen genießen muss ...«

Und das tat er. Oh ... ja ...

Mit offenen Lippen genoss er, labte sich an meinem Geschmack, bevor die Zunge noch den Rest erledigte. Ich muss ja wohl nicht erwähnen, wie gründlich er war.

Die einzige Reaktion, die man mit viel Fantasie ausmachen konnte, war die schneller pochende Ader an seinem Hals.

Bei mir war das anders. So gut wie er, hatte ich mich nicht im Griff.

Als es mir zu viel wurde und ich mein Stöhnen kaum noch unterdrücken konnte, übernahm ich die Initiative und drückte ihn mit einer Hand an seiner Brust erneut nach hinten auf die riesige gepolsterte Spielfläche, während ich mich mit der anderen neben seinem Kopf abstützte. Ein Knie lag auf dem Sofa.

Dann machte ich endlich kurzen Prozess »Kommen wir zum Hauptgang, das war nur der Aperitif!«, und zog beide Hosen ein Stück herab.

Fast entglitten mir die Gesichtszüge ... er war WIRKLICH so gut bestückt, wie ich angenommen hatte!

Schwer und hart lag er auf seinem Bauch und kleine Zuckungen durchliefen ihn immer wieder ... Mir stockte tatsächlich der Atem, der Anblick brachte mich total aus der Fassung.

Wie konnte so ein Hammerkerl nur auch noch mit so einem wortwörtlichen HAMMER gesegnet sein! Bei ihm hatte Mutter Natur nun wirklich an NICHTS gespart!

Meine kurzzeitige Schockfrostung nutzte er natürlich sofort, um das Ruder erneut an sich zu reißen. Aber nicht, bevor er mir nicht freundlicherweise den Mund zugeklappt hatte und mit dem Daumen über meine Unterlippe geglitten war. Vielleicht wischte er auch nur unauffällig etwas von dem Sabber weg, der möglicherweise unkontrolliert aus meinem Mund tropfte.

»Setz dich genau hier hin, aber berühr ihn nicht!« Er deutete auf seine Oberschenkel.

Mein Blick flog nach oben, ich sah ihm in die Augen und biss mir auf die Unterlippe ...

Oh ... das war böse ... wirklich böööse …

Und ich wollte es! Oh ja!

Als ich es mit wild klopfendem Herzen unter seinem brennenden und doch kühlen Ausdruck tun wollte, schüttelte er den Kopf.

»In die Hocke! Ich will alles sehen.«

Ihm zu gehorchen und mich so auf ihm zu präsentieren, käme einer riesigen Demütigung gleich, aber das erregte mich nur noch mehr, ebenso wie es mich beschämte.

Scham – ein Gefühl, das ich so lange nicht empfunden hatte ... und normalerweise nicht mochte.

Aber in diesem Zusammenhang liebte ich es, wenn meine Wangen zu brennen begannen. Das feuerte die Aufregung in mir nämlich nur noch mehr an ...

»Das gibt Rache ...«, murmelte ich düster.

»Ich sehe dem freudig entgegen ... Und jetzt beweg dich!«

Ich tat, wie mir befohlen und entblößte mich somit total vor ihm ... Grinsend ließ er beim Hinsetzen einen Finger prüfend durch meine Feuchtigkeit gleiten, was mich fast zum Wimmern brachte. Doch allgemein wirkte er leicht abwesend, da er ununterbrochen zwischen meine Beine starrte, als würde ihn der Rest weder interessieren noch etwas angehen.

Seine harten Schenkel unter meinem Hintern fühlten sich genial an ... aber ich wusste, was sich am besten *in* mir anfühlen würde.

Nun war ich seinem so was von bereitem, so was von eindrucksvollem Schwanz so nah, dass ich den Lusttropfen der sich auf seiner prallen Eichel gebildet hatte, förmlich auf der Zunge schmecken konnte, und durfte ihn doch nicht in mir fühlen!

Zum ersten Mal erkannte ich, dass Maddox Price nicht nur ein Verführer, sondern vor allem ein sadistischer Foltermeister war. Und seine Folterinstrumente waren nicht, wie anfänglich angenommen, sein Aussehen, die Stimme oder gewisse Körperteile, sondern der Sex mit ihm!

Erst in diesem Moment wurde mir die Tragweite dessen bewusst, auf was ich mich wirklich eingelassen hatte, doch er gab mir keine Zeit, lange über die Konsequenzen nachzugrübeln.

»Mach es dir als wärst du allein ... Ich sehe, du bist bereit ...« Er klang, als würde er mit einem Geschäftspartner telefonieren. Ruhig und gelassen ...

Oh Scheiße ...

Meine Finger zitterten, als sie sich ihren Weg zwischen meine angespannten Beine bahnten und ich mich schließlich zaghaft und mit angehaltenem Atem selbst berührte.

Sobald ich mit dem Zeigefinger über meinen Kitzler strich, kam ich fast, wohl wissend, dass er alles genau sehen konnte, dass er mir so verführerisch nah und doch so verboten fern war ...

Stöhnend ließ ich den Kopf nach hinten fallen und kniff die Lider zusammen, ihn länger anzusehen wäre zu viel gewesen.

»Wieder so eine Angelegenheit, die ich nur einmal anmerken werde: Jetzt lasse ich es dir als Anfängerfehler noch durchgehen ... nur dieses eine Mal, aber in Zukunft wirst du mir immer in die Augen sehen. Verstanden?«

Ich nickte und fühlte den nächsten Schwall Röte in meine Wangen steigen. Seine Stimme und die bestimmten Worte heizten mir zusätzlich ein. Die Haut seiner muskulösen Unterschenkel verbrannte mittlerweile meinen Arsch ...

»Oh Gott ...«, stöhnte ich, weil ich bereits so angeschwollen war, dass ein paar weitere Bewegungen ausreichen würden ...

»Halt still!«, befahl er rau, weil ich mich so auf ihm umherwand.

Ich wollte ihn dabei aber in mir! Wenn schon, denn schon ...

Um nicht zu flehen, biss ich noch ein wenig fester auf meine Lippe und visierte sehnsüchtig seinen Schwanz an. Noch nie hatte ich *so etwas* in mir gehabt ... oder so sehr in mir gewollt.

Der Verrückte lachte ... heiser ... leise ...

»Du willst ihn spüren!«

Oh Mist!

Erwischt!

Okay!

»Ja!«, hauchte ich.

»Wie dringend?«

»Sehr ...« Oh bitte ... Ich konnte mich nicht mal darauf konzentrieren, ordentlich zu atmen und er wollte Small Talk mit mir führen, oder was?

»Was würdest du dafür tun?« Dabei klang er auch noch so gelangweilt.

Der Blick, den ich ihm zuwarf, war mehr als wütend. Seiner, auf meine Pussy gerichtet, dunkel und glühend, weshalb er sowieso nichts davon mit bekam.

Nein, ich würde jetzt nicht *alles* sagen! Das wäre ja wohl an Kitsch nicht zu überbieten! Also!

»Leck mich!«

Er lachte wieder. OH NO!

»Das musst du dir erst verdienen ... Überleg dir besser schnell eine Antwort ... sonst binde ich dich fest und lass dich vom nächstbesten Typen ficken, der hier in mein Büro marschiert! Drei ...« WHAT!? Allein daran zu denken, bereitete mir Übelkeit.

»Zwei ...« Ich starrte ihn schockiert an; der Schalk tanzte in seinen aufgeheizten Augen aber auch die stumme Aufforderung.

Ich verstand sie und wusste, was er von mir verlangte. Instinktiv ... und das hätte mir Angst bereiten müssen, denn hallooohooo, ich war doch Rebellin und keine geborene Ergebene, oder?

Na ja ... auf jeden Fall waren meine nächsten Worte trotzdem: »Darf ich deinen Schwanz benutzen?« Er blähte die Nasenflügel, seine Stimme klang noch eine Stufe rauer ...

»Du hast was vergessen ...« Fragend und mit Groß-Mädchen-Augen blinzelt ich ihn an.

»Arschloch?«, woraufhin er seine verdrehte.

»Gut. Dann Pech gehabt! Reib dich an ihm ... aber steck ihn nicht rein! Ich entscheide, wann ich dich das erste Mal ficken werde, und das wird erst dann sein, wenn du gelernt hast meine Befehle zu meiner vollsten Zufriedenheit auszuführen.«

»Das werden wir ja noch sehen ...« Während ich das murrte, schob ich mich aber schon übereifrig weiter vor, sodass ich genau über seinem Schwanz zum Hocken kam, welcher immer noch steinhart bis zu seinem Bauchnabel reichte. Rechts und links von seinen Hüften kam ich auf die Knie und ließ mich herab. Aber nicht so, dass er in mich eindrang ... sonst hätte er das hier sicher abgebrochen, und das wollte ich nicht.

Der erste Kontakt fühlte sich köstlich an, selbstvergessen ließ ich den Kopf erneut zurückfallen, trennte aber nicht unsere Blicke.

Begeistert fühlte ich die Adern, jede einzelne ... und rieb mich genüsslich nach vorne und nach hinten ... schob dabei seine Vorhaut mit meiner empfindlichen, feuchten Spalte mit und brachte ihn dazu richtig laut und heftig aufzustöhnen.

Eine Reaktion!

Endlich!

Ich kam fast von diesem einen Geräusch, allein von diesem einen Gefühl ...

Mein Bär an seinem Schwanz ...

Perfekt ...

Oh Gott ...

Vor ...

Das war ...

Zurück ...

Er fluchte und wollte mich an den Hüften festhalten, aber es war bereits zu spät, denn wir kamen beide absolut überraschend.

Vielleicht war es doch nicht so unvorhersehbar, denn wir hatten uns in den letzten Wochen unsagbar ausgiebig angemacht – ein ziemlich langes Vorspiel.

Ich kam so heftig, dass ich auf ihm zusammenbrach, während ich fühlte, wie er zwischen meinen Beinen zuckte und die volle Ladung auf seinem Bauch verteilte.

Währenddessen versuchte ich mein Kreischen an seiner Brust zu dämpfen, doch der Geruch seiner Haut, der plötzlich auf mich einströmte, intensivierte das alles nur noch ...

HA!

Haha!

Ich wollte hysterisch lachen! So lange verzehrte ich mich danach, diesen Mann unter mir zu haben und nun war es schon vorbei ...

Klasse!

Nein! Ich würde jetzt nicht von ihm runtergehen, kein Schwein konnte mich dazu bringen!

Wie auf Befehl schlangen sich meine Arme um seinen Hals, als würde ich dorthin gehören, und ich sah ihn heftig atmend an.

So etwas unvorstellbar Erotisches hatte ich nie zuvor erlebt und dabei hatte ich noch nicht mal richtig mit ihm geschlafen!

Locker verschränkte er seine Hände erneut hinter dem Kopf, die Augen geschlossen, die Stirn in lustvollem Nachbeben gerunzelt. Lange, dunkle Wimpern lagen auf perfekter Gesichtshaut und dann dieser kantige Kiefer ...

Er war wunderschön.

So nah hatte ich ihn noch nie gesehen, gespürt ... genossen ...

Auf einmal musterte er mich mit einem befriedigten Ausdruck unter seinen Wimpern hervor und mein Herz setzte ein paar Schläge aus ...

Ich hatte mein Kinn auf meinen Fingerknöcheln aufgestützt, die an seiner Brust ruhten, und sah lächelnd zu ihm hoch – total zufrieden. Wie eine rollige Katze, die kurz davor war, abermals unsagbar geil zu werden.

»*Das* ist mir ja echt noch nie passiert« Keine Ahnung, was er genau meinte – auf jeden Fall klang seine Stimme ungewohnt weich und nachgiebig. Sie ließ meinen Bauch heftig kribbeln.

Und er legte einen Arm doch tatsächlich, in einer fast schon beschützenden aber auf jeden Fall besitzergreifenden Geste, um mich.

Sofort umfing mich wohlige Wärme.

»Wir sollten noch gar nicht kommen, und außerdem war nicht mal zugesperrt! Oh ... apropos nicht zugesperrt ...«, breit grinsend blickte er an mir vorbei.

»Hi Steven! Ich hatte ja komplett unseren Termin vergessen!«

Und ich erlitt einen *echten* Herzinfarkt!

12. Mad

Jedes Mal, wenn mein Blick auf sie fiel, musste ich mir ein Lachen verkneifen. Sie schmollte wirklich köstlich ... Seitdem ich sie damit verarscht hatte, dass Steven uns beim Sex erwischt hatte, war alles, was ich als Antwort erhielt, entweder:

»Fick dich!«

»Nope, aber bald werde ich dich ficken – nach allen Regeln der Kunst!«

»Leck mich!«

»Später, wie oft denn noch?«

»Du bist ein verrückter Kontrollfreak-Snob mit einem kranken Sinn für Humor!«

Darauf bekam sie nur ein Lachen.

»Es war übrigens total Scheiße ...« Pause ... »Ich weiß echt nicht, wieso die alle so von dir schwärmen ...«

Als sie *das* sagte, war es schon fast abends, und ich besaß mittlerweile vor lauter Gelächter nicht nur einen Six- sondern einen Eightpack ... Überhaupt hatte ich noch nie so viel gelacht, wie an diesem Tag. Der Trockenfick hatte meine Laune wirklich gesteigert!

Auch den Fragebogen, den ich grundsätzlich jede Frau ausfüllen ließ, bekam ich ähnlich zurück:

Wie wird verhütet: *Fick dich*!

Wie viele Geschlechtspartner davor: *als ob es dich was angeht*!

Lieblingsstellung: *mit Axt über deinem Leichnam*.

No-Go: *was wohl*?

Leiden: *Geisteskrankheit, weil ich mich auf dich einließ*.

Wünsche: *baldiges Ableben meines Chefs*

Ängste: *Wird das hier eine Psychoanalyse, oder was*?

Ziele: *siehe Wünsche*

Als Zusatz hatte ich noch dazugeschrieben:

Wie oft beten Sie um die Vergebung Ihrer Sünden: *anscheinend nicht oft genug!*

Und so weiter ... und so fort ...

Selbstverständlich wusste ich, wieso sie so gereizt war, nicht nur wegen des kleinen Spaßes, den ich mir erlaubt hatte, sondern auch, weil ich sie sexuell gesehen ab dem Zeitpunkt, an dem ich sie wortlos von mir runtergehoben hatte, ignorierte.

Das zog ich die ganze Woche durch, wusste genau, dass jeder Tag sie mehr auf die Palme brachte, tiefer in Zweifel stürzte und ihr Verlangen schürte. Komisch war nur ...

Ich holte mir keine andere.

Nein. Stattdessen wartete ich und hob mir alles auf.

Am kommenden Wochenende hatte ich vor, sie ein paar Überstunden absolvieren zu lassen – spezielle ... heiße ... doch, als ich ihr das verkündete ... machte sie mir einen Strich durch die Rechnung – natürlich.»Und aus welchem Grund wichsen Sie eigentlich sonst? Ich werde das Wochenende nicht in ihrer Snob-Bude verbringen ... Ich habe schon was vor ...«

Miststück!

»Und was wäre das, Miss Sturkopf?«

»Nichts, was mit Ihnen zu tun hat. Es heißt einfach nur laute Musik! Geile Kleidung! Freiheit! Tanzen! Das, was normale Menschen halt so an den freien Tagen tun! Sich gehen lassen – vom Alltagsstress abschalten.«

Ich lächelte kühl. »Sie denken, das ist mir nicht möglich?«

»In den Club würden Sie in ihrem schicken Grabkostüm gar nicht reinkommen und ich glaube kaum, dass Sie etwas anderes im Repertoire haben ...« Sie verschränkte die Arme und lehnte sich mit ihrem heißen Arsch an ihren Schreibtisch, womit sie genau meine Pose spiegelte.

Ich grinste. »Sie tun so offen, sind aber dennoch voller Vorurteile ...«

»Ha! Sagt der Richtige!«

»Wie heißt der Club?« Leicht neigte ich meinen Kopf zur Seite.

Oh mein Gott, wie gerne ich ihr dieses dreckige, überhebliche Grinsen endlich ausgevögelt hätte.

Aber soweit waren wir noch nicht.

Zu diesem Zeitpunkt war mir allerdings noch nicht klar, dass es auch nie so weit kommen würde, denn umdrehen würde ich sie nicht.

Nope ...

»Prudes ...«, hauchte sie und sprach damit natürlich nicht nur meine Ohren, sondern gleichfalls meinen Schwanz an.

»Wie unpassend.«

»Können *Sie* eigentlich noch ein bisschen herablassender klingen?«

»Du hast ja keine Ahnung ...«

»Oh. Sind wir wieder beim Du?«

»Machen *Sie* Feierabend, Miss Ironisch ...«

»Damit Sie wieder ...« Es wurde abgewunken ... »Nein ... das interessiert mich kein bisschen!«

Von wegen ...

Dann würden wir mal sehen, was Miss *Ich treibe meinen Chef in den Wahnsinn* so in ihrer Freizeit tat ...

Zum Glück befand sich das Prudes in der dritten Etage dieses Towers ... Unterirdisch natürlich ...

13. Leo

Das würde er niemals tun ... Hierher kommen ... Deswegen hatte ich ihm auch mit gutem Gewissen sagen können, wo ich an diesem Wochenende die Sau rauslassen würde, so wie an jedem anderen Samstag übrigens ebenfalls.

Trotzdem konnte ich mich nicht davon abhalten, die Menge immer wieder nach Anzeichen von geballter Männlichkeit abzusuchen.

Ausgelassen bewegte ich mich zu der rockigen, schrillen Musik, ließ mich vom Bass treiben und verlor mich im punkigen Rhythmus. Schweiß floss über meinen kaum bedeckten Körper, die Augen waren geschlossen, die Arme erhoben, der Kopf in den Nacken gelegt ... Ich liebte es, mich treiben zu lassen ...

Normalerweise konnte ich hier alles von mir schieben, was in meinem Leben schief lief ... Heute nur leider nicht ...

An diesem Abend sah ich hinter gesenkten Lidern seinen Blick ... und damit meine ich nicht den einen, der es vollbrachte, innerhalb von Sekunden mein Höschen zu schmelzen. Nein, sondern den, mit dem er mich danach träge angesehen hatte ... als ich auf ihm gelegen war ... halb nackt und schutzlos ... als ich ihm so nah gewesen war und etwas in ihm erkannt hatte, was ich einfach nicht mehr vergessen konnte.

Fast wäre was echt Schlimmes passiert, aber dann hatte er mich von sich runtergehoben, einen saudämlichen Spruch über verschwendetes Sperma geklopft, sich angezogen und mich einfach so stehen lassen.

Arschloch-Snob!

Ein neues Lied lief an, das in diesen Club eigentlich gar nicht gehörte, es spiegelte aber ein bisschen von dem wider, was soeben in mir vorging ... *Addicted* ... oh ja, das war ich wirklich ...

Vielleicht lag die komische Musikauswahl an dem neuen DJ, der gerade das Pult übernahm.

Ich atmete tief durch ... und fühlte die Worte, den Beat ... den Drang in dem Song ... bevor sich ein Prickeln über meinen Körper ausbreitete und meine Lider wie auf Befehl aufflogen.

Das war der Moment, in dem meine »Heile Welt« in sich zusammenbrach: Ich verfiel ihm komplett oder besser gesagt, ich gestand es mir ein, denn ansonsten wäre mein Herz nicht so losgerast, und die geflügelten Insekten in meinem Bauch redeten auch ihre eigene, unmissverständliche Sprache.

Ich war süchtig nach ihm ...

Und er war hier hergekommen ... meinetwegen ...

Außerdem sah er überhaupt nicht mehr wie ein Snob aus ... Stattdessen wie ein normaler Mensch ... na ja okay, ich revidiere ... wie ein verdammter Feuchte-Höschen-Traum-Mann ... in schwarzen Jeans und einem einfachen dunklen, verboten engem, Shirt ... BOOTS (Ich kam fast ...). Er wirkte alles in allem leger, wie immer ... aber doch irgendwie rockig ... seine Haare waren nicht nach hinten gekämmt, sondern lagen wirr auf seinem Kopf. Mit seiner eindrucksvollen Größe überragte er die meisten Clubbesucher.

Wie von selbst setzten sich meine Beine in Bewegung, aktiviert von diesem unsagbar anziehenden Typen. Sein Blick war düster und zog mich an, in diesem Moment hätte ich wohl alles für ihn getan.

Eine aufgetakelte Grufti-Schlampe versperrte mir die Sicht, indem sie sich vor ihn schob. Doch er ignorierte sie komplett und trat einfach an ihr vorbei, als wäre sie Luft.

Vergessen war Steven ... und ebenfalls der Plan.

Alles rückte in den Hintergrund, je näher wir uns durch den Nebel, der gerade erzeugt wurde, kamen ...

Als er sich lichtete und ich vor ihm stand, wusste ich instinktiv, dass ich mein Ziel erreicht hatte ... mein Lebensziel ...

Er legte den Kopf schief und hob eine Augenbraue.

Ich schüttelte meinen, um ihn zu klären, was jedoch kläglich misslang.

Ohne mich davon abhalten zu können, machte ich den letzten Schritt, drängte mich ungezügelt an seinen Körper, griff in seine Haare, zog ihn herab und küsste ihn – wild.

Glücklicherweise schob er mich nicht von sich, nach einem kurzen verwunderten Moment, fühlte ich, wie seine warme Zunge meine berührte, wie er heiser knurrte, wie seine Hände sich in meine Arschbacken bohrten und er mich ruckartig hochhob. Ich keuchte, dann schlangen sich meine Beine bereits um seine Hüften. Der Leder-Mini rutschte über meinen Hintern, mir war es egal ... Gott, er war riesig und stark; ich fühlte genau seine angespannten Muskeln unter meinen wirr suchenden Fingern, die schließlich durch seine seidigen Haare glitten und sich dort verkrallten.

Doch er packte meinen Kiefer und hielt mich still, bevor er sich von mir löste. Sein Blick brannte sich bis in meine Seele ... sein anderer Arm war sicher unter meinen Arsch geschlungen.

»Es sollte verboten werden, mich so zu reizen!« Ich grinste frech, sah das Licht der Spots auf seinem markanten Gesicht tanzen ... Und wollte ihn noch ein bisschen weiter treiben ... Also blies ich eine Blase und ... ließ sie platzen.

Scheinbar entnervt verdrehte er die Augen, doch dann setzte er mich ab und zog mich hinter sich her ... durch die Menschenmenge, die ihm automatisch Platz gewährte. Eine verwinkelte Ecke der Bar war nicht ausgeleuchtet und an diesen schummrigen Ort führte er mich, bis wir von keinem der blitzenden Lichtstrahlen mehr erfasst wurden ... aber ich dennoch das Gefühl hatte, als starrten uns alle an …

Mein Hintern landete auf der eiskalten Bar ... das war eigentlich nicht erlaubt, doch einem Mad Maddox würden sicher keine Vorschriften gemacht werden.

Genau wusste ich, dass sie unsere Umrisse erkennen konnten, und dass sie uns bei diesem normalerweise so intimen Akt beobachten würden.

Ich kam mir entblößt vor, offenbarte ich doch gleich sicherlich, alles, was ich hatte ... in diesem Moment war das aber zweitrangig.

Es gab keinen Weg zurück. Er würde mich nicht lassen.

Als hätte er meine Zweifel gespürt ... machte er sich auf, auch den letzten davon zu beseitigen. Indem er mein Gesicht packte, seine Zunge erneut in meinen Mund eindrang und er mir die Seele aus dem Leibe saugte – inklusive meines Kaugummis.

Ich keuchte auf, er lachte nur leise, als er zurückwich, seine Hände sich auf meine nackten Oberschenkel legten und er nun frech darauf rumkaute.

Oh mein Gott, mit dem Outfit hatte sich scheinbar der ganze Mann geändert ...

»Gib ihn zurück, du Dieb!« Geraubt hatte er nicht nur meinen Kaukameraden, sondern auch meinen Verstand. Denn als er weiter vor mir zurückweichen wollte, packte ich ihn am Kragen seines Shirts und zog ihn wieder so eng es ging an mich. Ich brauchte seine vollkommene Nähe, wahrscheinlich, weil ich mich unterbewusst danach sehnte, dass er mich vor all den fremden Blicken schützte.

Einige Minuten, Stunden, Tage kämpften wir um die Vorherrschaft ... unsere Zungen wendig und flink. Irgendwann ergab ich mich jedoch seufzend ... und schmolz wegen seiner phänomenalen Kusskünste.

Sein Mund bahnte sich seinen sinnlichen, feuchten Weg. Angefangen unter meinem Ohr, bis zu meiner heftig pochenden Halsschlagader. Unverhofft griffen starke Finger in mein Haar, bogen meinen Kopf nach hinten, bevor meine Haut durch einen leichten Biss markiert wurde und er mich damit komplett wahnsinnig machte ...

Er wusste, was er tat und ich war so aufgeladen, dass ich doch tatsächlich ohne, dass er meinen Intimbereich berührte oder gar in mir war ... einem Orgasmus unterlag!

Oh mein ... Ich konnte nicht einmal stöhnen, sackte nur bebend an seinen harten Körper. Mit meinem pulsierenden Unterleib rückte ich weiter vor und fühlte genau die Delle in seiner Hose. Als ich mich wild an ihm rieb, stöhnte er heiser ...

»Hier also?«, keuchte er und ließ seine Lippen weiter über meinen Hals wandern ... »Ehrlich?«

»Lässt du mir denn eine Wahl?« Hingerissen warf ich meinen Kopf zurück, ließ mich vollkommen unter seinen Berührungen fallen ... und spürte sein triumphierendes Grinsen an meiner Kehle.

Doch dann griff er meine Haare und richtete mich ruckartig wieder auf, mit einem Mal ernst.

»Du wirst mein sein ...« Ich vernahm seine Worte genau, obwohl die Musik um uns herum laut hämmerte, weil ich nicht mehr mit den Ohren hörte, sondern mit dem Herzen. »Wenn ich dich jetzt und hier ficke ... dann ist das kein Spiel mehr, verstanden?«

»Ich weiß ...« Wieso hatte ich plötzlich Tränen in den Augen und warum wusste ich nur zu gut, was er meinte?

»Keine anderen Frauen mehr!«, forderte ich natürlich auch und er grinste langsam und so sexy ... strich mir eine Strähne aus dem Gesicht und lehnte seine Stirn an meine.

»Nur noch du ... sexy Punkergirl. Ich habe es satt, mir etwas vorzumachen.«

Ich nickte total benebelt von seiner Ehrlichkeit, dem Vertrauen, das er mir schenkte ... und das schlechte Gewissen brachte mich fast um.

Lange konnte ich darüber nicht nachdenken, denn seine Mundwinkel bogen sich nach oben und da waren wieder diese Grübchen ... Ich musste einfach zurücklächeln, bevor unsere Lippen erneut miteinander verschmolzen, er anfing seine Hüften zu bewegen ... und diesen einen Punkt am obersten Ansatz meiner Schamlippen zu reizen ...

»Du machst ... mich so ... MAD ...«, keuchte ich und er lachte heiser.

»Das ist noch gar nichts ... Jetzt halt still!« Ich biss die Zähne zusammen, als er mein Höschen zur Seite schob, und krallte mich in seine breiten, angespannten Schultern.

Mein Blick huschte hektisch umher, und traf auf nicht nur ein Augenpaar, welches uns genauestens beobachtete ... erregt ... gierig ...

»Sie sehen uns alle ...«, wisperte ich und fühlte, wie die Röte sich erneut in meinen Wangen ausbreitete.

»Ich weiß ...« Mit der Zunge leckte er über meine Lippen, seine Finger berührten meinen Kitzler zart, rieben träge langsame Kreise darüber, während ich darum kämpfte, meine Hüften nicht in das Spiel einsteigen zu lassen.

»Du bist schon so erregt ... und du machst mich damit so heiß ... Dieser verdammte Ledermini ...« Seine Stimme war rau an meinem Ohr, ehe er sich wieder meinem Hals widmete und dort die sinnlichsten Dinge mit streichenden Lippen und beißenden Zähnen anstellte.

»Oh Gott ...«

»Kein Kommentar ...«

»Arroganter Arsch ...«

Er lachte teuflisch, und was das mit mir anstellte, muss ich hier ja nicht noch einmal erwähnen ...

»Ich will dich von innen fühlen ...« Verzweifelt vergrub er sein Gesicht an meinem Nacken und zwei Finger in mir, was mich fast zum Schreien brachte.

»Dann tu´ s doch endlich und laber nicht nur!«, japste ich dennoch.

Diesmal antwortete er zunächst mit einem Knurren, bevor er auf die Art, *Baby du wolltest es so*, grinste.

Unverhofft trat er einen Schritt zurück und ließ mich allein auf der Bar sitzen. Nur allzu bewusst war ich mir der Augen um uns herum, die immer größer wurden, besonders als er langsam seine Hose öffnete ...

Ich starrte ihn mit offenem Mund an.

Dieser Mann besaß wirklich keine Scham, kannte keine Grenzen ... und das war es ... dem war ich verfallen ... unter anderem ...

Er holte seinen standhaften Riesen nur durch den Schlitz heraus und wichste ihn behäbig und genüsslich, als wären wir alleine und hätten alle Zeit der Welt. Mir war, als würde jedes einzelne weibliche Wesen in der Nähe aufstöhnen ... und ihn anstarren. Es machte mich wütend, denn das sollte nicht jede sehen! Schon zu viele hatten das Vergnügen gehabt!

»Komm her!«, befahl ich also etwas angepisst.

Er grinste breiter, schüttelte den Kopf und machte in aller Seelenruhe mit dunklem, lustverschleierten Ausdruck und glänzenden Lippen weiter, weil er soeben mit seiner Zunge darübergefahren war, und ließ mich nicht aus den Augen, wie ich bereit für ihn auf der Bar thronte.

»MAD!«

Wütend presste ich den Kiefer aufeinander, meine Nasenflügel blähten sich, er sollte es nicht zu weit treiben! Das würde ich nicht ertragen! Ich fühlte mich so schrecklich verletzlich in diesem Moment.

Und als hätte er gespürt, dass ich kurz vor dem Durchdrehen war, kam er endlich zu mir, packte mit einer Hand meinen Arsch und vergrub die andere in meinen Haaren. Er küsste mich, während sein pochender Schwanz zwischen uns eingeklemmt wurde, und gab mir meinen Kaugummi zurück. Übergab mir symbolisch die Macht.

Ich seufzte, als er zurückwich und mein Gesicht in die Hände nahm.

Dann senkte sich seine Hand und ich kreischte leise auf, als er mit seiner prallen Eichel auf meinen Kitzler klatschte.

»Mach die Beine richtig breit!«

Oh, wie streng seine Stimme klang und dann auch noch dieser Blick dazu!

Stöhnend kam ich der Aufforderung nach und wusste, dass jeder Anwesende jetzt alles noch besser sehen konnte.

»Schieb dein Höschen zur Seite!«

»Du bist verrückt ...« Doch ich tat auch das ... und wartete dann scheinbare Stunden in dieser entwürdigenden Pose, bis er in aller Ruhe ein Kondom aus seiner Hosentasche befördert und übergezogen hatte.

»Nach dir ...«, vollendete er, umfing seinen Schwanz und rieb damit über meine Spalte, tunkte mit seiner prallen Eichel kurz in meinen Eingang, drang aber nicht ganz ein und brachte mich damit zum Aufjammern.

Er grinste böse, schob seine Hüften ein Stück vor, tauchte erneut kurz ein und wieder raus. So quälte er mich, bis ich fast platzte und eine Ladung heftiger Flüche losließ.

Die Hand, die den Stoff beiseite hielt, fing an zu zittern, genau wie meine Beine. Ich packte mit den Unterschenkeln seinen Arsch und versuchte, ihn zu mir zu ziehen. Das brachte mir nur ein ironisches Schnauben ein.

Dann fiel mir auf, wieso er das tat: mir kurz vor dem Ziel noch das zu verwehren, was ich nicht nur wollte, sondern *brauchte*.

»Tu es endlich!«

»So nicht!«

»Du bist ein Arsch ...«

»Falsche Ansage ...«

Ich presste die Lippen aufeinander ...

»Sag es ... sonst ...« Er zog sich zurück, sodass sein Schwanz mich gar nicht mehr berührte und ich keuchte frustriert.

»Verflucht ...«, murmelte ich atemlos.

Ich konnte nicht! NOCH NICHT! Verstand er das denn nicht? Ich war ihm doch schon so weit entgegengekommen ... *oh bitte Mad! Fick mich endlich! Ich tue alles!*, flehte ich stumm, weil ich es nicht fertigbrachte, diese Worte auch über meine Lippen zu bekommen.

Unverhofft trat er abermals an mich heran.

»Weißt du was ... Scheiß ...« Sprachs und setzte ein weiteres Mal an ... »... drauf!« Damit schob er sich mit einem heftigen Ruck in mein Innerstes ... nicht nur mit seinem Schwanz.

Ich fühlte mich, als würde ich zerreißen und ließ das Gesicht an seine Brust fallen, versteckte mich dort ...

»Oh mein Gott ... du bist so verdammt ... Oh Scheiße ... Ahhh ...«, schluchzte ich fast. Er hielt still.

»Shhh ... entspann dich ...« Und zog sich ein wenig zurück, nur um dann wieder vorzustoßen, diesmal tiefer ... und leichter.

»Du bist wie für mich geschaffen ...«, flüsterte er und küsste mich erneut.

»Bleib locker ...«, presste er absolut unlocker zwischen zusammengebissenen Zähnen heraus, bevor er abermals in mich eindrang, aber nun bis zum Anschlag ...

Und das war´ s ... ihn nur einmal so ganz tief in mir zu fühlen ... reichte ...

Wir kamen ... Beide ... absolut überrascht aber unaufhaltsam ... Schon wieder!

14. Leo

Am nächsten Montag war ich, scheinbar zum ersten Mal in meinem Leben, die Unsicherheit in Person. Wie würde sich MAD verhalten?

Hatte er vor, den Chef raushängen zu lassen und so zu tun, als hätte es das Erlebnis in der Bar und die durchtanzte Nacht danach nicht gegeben?

Was, wenn ich ihn gleich als Erstes mit einer anderen erwischte?

Bei diesem Gedanken ballten sich meine Fäuste wie von selbst. Dann würde ich ihn erwürgen! Mit seiner eigenen verdammten Krawatte! So viel stand fest ...

Schon als ich aus dem Aufzug trat und um die Ecke bog, hörte ich sein kraftvolles Lachen, das extreme Dinge mit meinem Unterleib anstellte, aber ich ging dennoch mutig weiter. Kopf erhoben, Brust raus, Bauch rein – bekanntes Schema.

Er lehnte mit der Hüfte am Empfangstresen und hielt irgendwelche Akten in jenen Händen, mit denen er mich gestern befriedigt hatte. Nun blätterten diese langen, sinnlichen Finger durch Statistiken, Nachrichten und Kostenvoranschläge. Dabei unterhielt er sich charmant grinsend mit Melanie, Susanne, Caro und Nicole, den Empfangsmädels.

Ich mochte sie wirklich gern, weil sie immer einen lustigen Spruch auf Lager hatten und mir, als ich hier angefangen hatte, Mut zugesprochen hatten.

Als ich sie erreichte und die Gemeinde morgenmufflig grüßte, wie ich eben so um diese unchristliche Uhrzeit war, sah er allerdings nicht mal auf und ignorierte mich knallhart. Sofort stach es heftig in meiner Herzgegend.

Jetzt hatte er mich also gehabt und nun brauchte er mich nicht mehr! Alles klar!

Okay! Arschloch!

Noch einmal holte ich tief Luft und klatschte ihm meinen Urlaubsantrag auf den Tresen. Nie würde ich ihm meine Schwäche zeigen, weshalb ich mit fester, leicht herablassender Stimme sprach. »Guten Morgen, Mister Price ...«

»Morgen ...«, murmelte er, natürlich ohne jeglichen Blickkontakt.

Was sollte das? Eines seiner neuesten Psychospiele? Ihm war echt alles zuzutrauen!

Wenn er mich zum Brodeln bringen wollte, gelang ihm das sogar phänomenal.

Als ich zu ihm herantrat, wandte er sich auch noch ab und zeigte mir wortwörtlich die kalte Schulter.

Ich biss die Zähne zusammen und kämpfte mit mir, um ihm vor seinen Angestellten nicht einen Spruch an den Kopf zu knallen.

Ich würde mir keine Blöße geben!

»Ich erfülle dann mal meine Pflicht, Ciao Mädels ...« Damit drehte ich mich um und stolzierte ins Büro. Die Hälfte der Mädchen sah betreten nach unten, die andere trug ein dreckiges, wissendes Grinsen spazieren.

Mad

»Haben Sie nichts Besseres zu tun, als hier so dümmlich in der Gegend rumzugrinsen?«, rief ich den Schreibkräften zu, und folgte nach einigen wohlbedachten Minuten der nun erfolgreich gereizten Furie in mein Arbeitszimmer.

Runde Nummer drei war eingeläutet.

Ja, ich hatte am Samstagabend den besten Sex meines Lebens in ihr gehabt. Ich meine, die Tatsache, dass ich (die Kontrolle in Person) augenblicklich gekommen war, noch bevor der Spaß erst *richtig* beginnen konnte, sprach für sich – in allen möglichen Zungen und Dialekten.

Durch diese Frau verlor ich die heißgeliebte Kontrolle – umfassend und unfassbar.

Aber wenigstens verhielt es sich andersrum genauso. Ihr Körper reagierte ebenso wie meiner.

Auch sie war sofort explodiert ... und danach an meiner Brust zusammengesackt, wie ein kleines postkoitales Häufchen Anschmiegsamkeit.

Es gefiel mir zu gut – und das war ein Problem. Denn ein Maddox Price gehört nicht zu *einer* Frau, und wenn sie noch so aufreizend schön ist und mich noch so sehr anspricht. Die Welt ist viel zu groß und die Existenz auf Erden zu kurz, um sich an eine Einzige zu binden!

Sie war Butter in meinen Händen – und zugegeben, ich genoss es, über ihr Haar zu streichen, als sie erschöpft an meiner Brust ruhte – und ein paar Drinks später an meinem tanzenden Körper.

Oh scheiße, ich wurde natürlich wieder mal hart, allein wegen der Erinnerung daran, wie sie mich auf der Tanzfläche zu einem Trockenfick, inklusive Fastorgasmus, verführt hatte ... Fast so, als wollte sie mir mal zeigen, wie das eine richtige Frau machte ... Ich fühlte immer noch den kleinen, heißen Arsch, der sich lustvoll an mir rieb, die streichenden Hände, die sich in meinen Bizeps krallten, das Keuchen, welches sie von meinen Lippen küsste. Sah die grellen Lichteffekte, die unsere miteinander verschlungenen Körper in verschiedene Farben tauchten, genauso wie die stummen Versprechungen in ihrem hingebungsvollen Ausdruck ...

Sie hatte mir bewiesen, dass sie mit mir in Sachen Verführung mithalten konnte – und mich somit absolut süchtig nach ihr gemacht.

Nur um mir am Ende der Nacht eiskalt einen Korb zu geben, als ich sie mit ins Penthouse nehmen wollte ...

Das hatte bisher keine gewagt, schon allein, weil ich nie zuvor eine gefragt hatte, was sie selbstverständlich nie erfahren würde.

Jetzt war die Zeit der Rache gekommen.

Sie weiterhin ignorierend, schlenderte ich also in mein Büro und schloss leise hinter uns die Tür.

Ich konnte ihren stechenden Blick auf mir fühlen, und besonders, wie sie mich auf alle möglichen Arten umbrachte, als ich mich an meinen Schreibtisch setzte, einige Papiere ordnete und meinen Mac hochfuhr. In aller Ruhe checkte ich meine E-Mails und beantwortete sie, während ich schmunzelnd bemerkte, wie sie aggressiv auf ihre Tastatur einhackte. Immer wieder platzte die Kaugummiblase, was jedes Mal mein Lid zucken ließ.

Die Stimmung hätte angespannter nicht sein können.

Mal sehen, wer nun früher seine Kontrolle verlieren würde ... Dass sie mich wollte, stand außer Frage, andersrum verhielt es sich ebenso. Und trotzdem hatte sie mich abgewiesen ... Das kleine Biest!

Nach einer Stunde trudelte eine E-Mail ein.

»Sehr geehrtes Arschloch. Erinnerung an den Termin mit Gina Davis um 14:00 Uhr. Mit freundlichen Grüßen! Ihre persönliche Assistentin.«

Fast hätte ich gelacht – FAST.

»Miss Churchill« Ich sah sie das erste Mal an diesem Vormittag an – natürlich ohne jegliche Gefühlsregung. Als hätte es diese eine Nacht nicht gegeben ...

»Was?«, fauchte sie und ich musste mir ein Schmunzeln verkneifen.

»Denken Sie etwa tatsächlich, das würde ich vergessen?«

»Wie auch? Ist ja nur die bekannteste Pornodarstellerin dieser Welt ...« Oh ... sie hatte ihre Hausaufgaben gemacht und ihr Ton hätte nicht kühler ausfallen können.

»Genau.« Ich grinste lauernd.

Sie biss die Zähne aufeinander, ihre Augen sprühten nicht Funken oh nein ... lodernde, grellbraune Flammen verkohlten mich bei lebendigem Leib.

»Na dann ... wünsche ich viel Spaß!« Sie senkte den Blick und ich wusste wieso ...

Scheiße!

Nun war sie echt verletzt! Das Komische? *Das* brachte mir ein leichtes Gefühl der Übelkeit ein, mein Magen zog sich ruckartig zusammen und die Hände verkrampften sich.

Es war vollkommen okay, Spiele zu spielen, jedoch nicht, ihr wirklich wehzutun ... Nicht mehr.

»Leo ...« Es hörte sich weich an, als ich das erste Mal ihren Namen benutzte, und sie stockte in all ihren Bewegungen, gab sogar das Kauen auf ... Doch sie sah mich nach wie vor nicht an, sondern konzentrierte sich jetzt auf ihren Monitor.

»Was?«

Dass ihre Stimme so dünn und kraftlos klang, ließ das Chaos in mir perfekt werden und mich absolut weicheiig anmerken: »Hast du mir denn gar nicht zugehört? Ich schlafe mit keiner anderen.«

»Sag das nicht zu früh!«

Weiterhin starrte sie nur vor sich hin und ich wusste nicht wieso, aber plötzlich war der Anblick unerträglich, und ich stand auf.

Wieder von dieser bestimmten Macht angezogen, durchquerte ich den Raum und stellte mich hinter sie. Sah auf ihre Finger herab, die reglos über der Tastatur verweilten. Ihr Körper war angespannt – der Atem stoppte. Sanft strich ich das Haar von ihrem zarten Nacken.

»Wenn ich etwas sage, meine ich das auch so ...« Beide Hände legte ich auf ihre zierlichen Schultern, fühlte, wie sie sich weiter versteiften ... und glitt mit ihnen langsam nach vorne.

»Und wenn ich etwas verlange, erst recht. Mein Wort ist Gesetz ... Du hast am Samstag zugestimmt und nun ...«, abrupt klappte ich ihren Laptop zu, hielt den Arm über sie gestreckt, bevor ich sie mit einem Ruck herumdrehte, sodass ich ihr in die großen, dunklen Augen sehen konnte.

»Und jetzt werde ich dir mal die Vorteile dieser Vereinbarung am lebenden Objekt demonstrieren.«

Ihre Hände wurden auf den Armlehnen ihres Stuhls platziert, die Knöchel traten stark hervor, weil sie sich so fest daran klammerte.

»Die bleiben hier, oder ich sorge dafür.«

Keine Reaktion, nicht mal ein Nicken, atemlos starrte sie mich an.

»Und wenn ich mit dir rede, möchte ich eine Antwort und NEIN, ich meine nicht Arschloch.«

Nun grinste sie, ein winziges Bisschen und sehr unsicher. Aber sie war immer noch still, provozierte mich weiter ...

Gut.

»Du handelst dir gerade ein übles Schwanzverbot ein, Miss Ch...«

»Wie Sie wollen, Sir!«, platzte es aus ihr raus.

Heilige Scheiße!

Ich spritzte fast spontan ab!

Perfekt!

Mein Griff verfestigte sich, um ihr erneut zu verdeutlichen, dass sie sich nicht rühren sollte. In ihrem Blick tobte, trotz der Kapitulation, der innere Kampf, sie wollte keinen meiner Befehle ausführen, nach meinen Regeln spielen, sich mir vollkommen hingeben, aber vorerst befolgte sie meine Ansage. Dies war ein Novum! Ein ziemlich Erregendes!

Als ich jedoch vor ihr auf die Knie ging, wurden ihre Augen umso größer und ihr Mund klappte auf, bevor sie ausspie ... »Willst du mir jetzt etwa einen verkackten Antrag machen?«

»Sieht es etwa danach aus?« Damit spreizte ich ruckartig ihre Beine, was sie aufkeuchen ließ ... Gleich darauf tat ich es ihr nach, denn ja, sie war wirklich ein versautes Luder. Sie trug doch tatsächlich einen pinken Tanga MIT SCHLITZ!

Für mich!

Ihre Spalte sah im hellen Licht des Büros genauso köstlich aus, wie ich sie mir vorgestellt hatte und es erforderte jedes bisschen Selbstbeherrschung, das ich irgendwo auftreiben konnte, um die nächsten Worte zu sagen, anstatt gleich in sie einzudringen.

»Bleib so!« Daraufhin stand ich auf und schlenderte zu meinem Schreibtisch, öffnete die BESTIMMTE Schublade und holte etwas von dem Spielzeug raus, was ich vor Kurzem gekauft hatte – nur für sie.

Als ich so bewaffnet zu ihr zurückkam und es hinter dem Rücken versteckt hielt, legte ich den Kopf schief und genoss das sich mir bietende Bild. Wie sie vor mir saß, die Fingerknöchel immer noch weiß, die Schenkel weit gespreizt. Der Blick erwartungsvoll auf mich gerichtet – sie so offen.

»Was hast du vor?«, fragte sie, blieb jedoch so, wie ich befohlen hatte.

»Das wirst du gleich sehen. Sei nicht so ungeduldig ...« Gewandt ging ich vor ihr wieder in die Hocke, berührte endlich das zarte Fleisch, was sie zischen und mich grinsen ließ.

Sie war so nass, so perfekt ... ich wollte sie ficken, aber ich würde es nicht tun – oh nein!

Stattdessen rieb ich mit dem Zeigefinger sanft über ihren Kitzler, massierte leichte Kreise, woraufhin sie stöhnte und in Wonne den Kopf zurückwarf.

Dies war der Moment, auf den ich gewartet hatte. Schnell betätigte ich die Taste an dem Spielzeug, platzierte es an ihre Clit und drückte auch den Knopf an der Fernbedienung, der den Spaß erst perfekt machte ...

Als es anfing direkt an ihrem gereizten Fleisch zu vibrieren, riss sie keuchend die Augen auf und sah mich erschrocken an.

Sie wollte die Beine schließen, doch ich schüttelte nur einmal den Kopf und benutzte diesen einen Blick, der jede Tussi daran erinnert, wer hier das Sagen hat. Sie verstand ihn ...

Gemächlich glitt ich herab und führte das Vibro-Ei mit zwei Fingern tief in diese kleine, enge Spalte ein. Dabei stöhnte ich selber heiser, ich wollte nichts weiter, als sie durch etwas anderes ersetzen, aber das Hinauszögern vergrößerte das Vergnügen um so vieles ...

Nun stöhnte sie richtig laut, ihre Hüften wanden sich umher ... Sie biss die Zähne aufeinander, runzelte die zierliche Stirn und war so sexy ...

Sie ließ sich vollkommen darauf ein.

In dem Moment stellte ich es aus, gab ihr einen Kuss auf diese feuchte Verlockung und stand auf.

Ihr Stuhl wurde zurückgedreht, mein Arm über ihre Schulter gelehnt, der Monitor wieder aufgeklappt und an ihr Ohr gehaucht: »Ich würde an deiner Stelle heute brav sein.«

***

Natürlich war sie das NICHT und so hatte sie ihren ersten Höhepunkt, als wir am Konferenztisch saßen. Ich ihr gegenüber, wissend grinsend, zusehend, wie sich die Röte zeitgleich mit der Intensität der Vibrationen steigerte ... Ihre Lippe war fast blutig gekaut, als sie davon erschöpft, ihre süßen Töne zu verstecken, erleichtert auf ihrem Stuhl zusammensackte, als es vorbei war, und mich daraufhin mit Todesblicken und Nichtachtung strafte.

Oh die Kleine hatte wirklich keine Ahnung, wie dankbar ich dafür war, dass sie alles nur noch schlimmer machte und ich sie weiter foltern durfte ...

Und weil um diese Uhrzeit so viele Menschen um uns herum waren, folgte beim Anstellen in der Cafeteria der nächste Orgasmus. Sie stand mit ein paar Kollegen direkt vor mir. Ich legte den Kopf schief, spitzte die Lippen und ließ das Spektakel beginnen: Ihre Beine knickten ein, als ich mitten beim Gespräch mit Marcel und Andrea mein Wundergerät anstellte. Sie konnte sich gerade noch einen Schrei verkneifen, aber klammerte sich an Marcels Ärmel fest. Errötend stammelte mein Opfer etwas von Regelschmerzen, woraufhin ich schmunzelte und ihr eine kleine Pause gönnte. Der Todesblick war nun mein ständiger Begleiter und nahm an Intensität zu, als ich die Vibration erneut genau in dem Moment anmachte, in dem sie ihr Essen bestellte. Miss Sturkopf hielt sich wirklich gut! Das Tablett landete nicht auf dem Boden, sogar das Glas Mineralwasser schüttete sie nicht aus, und kaum einer bekam von dem folgenden Orgasmus etwas mit – außer mir natürlich.

Danach sah sie schon etwas zerstört und aufgewühlt aus, ihr Blick war nun nicht mehr die reine Kampfansage, sondern ab da an immer ängstlich auf meine Hosentasche gerichtet.

Als ich mich mit Gina Davis traf, die mich tatsächlich verführen wollte, die ich aber freundlich, jedoch bestimmt, abwies, bekam meine vorsichtige Assistentin mit der nun ziemlich gereizten Muschi eine winzige Verschnaufpause. Die ihr aber alles andere als gefiel.

Ihr Blick, als ich wieder kam, hätte giftiger nicht ausfallen können, doch sie enthielt sich jeden Kommentars. Selbstverständlich kitzelte ich bei einem Verhör mithilfe meiner harmlos wirkenden Macht in der Tasche, aus ihr heraus, dass sie verdammt eifersüchtig war.

Perfekt!

Natürlich drohte ich ihr sofort, diese Eifersucht nur zu gerne zu benutzen, um mit ihr zu spielen. Ich fragte sie lauernd, was sie von einem Dreier hielt, oder mal dabei zuzusehen, wie mir einer geblasen wurde, ohne sich zu berühren …

Ich erzählte ihr, wie sehr es mich anmachen würde, eine andere zu ficken, währenddessen sie arbeiten und Telefonate führen müsste, wobei ich mit Genuss bis ins kleinste Detail ging. In ihrem Kopf malte ich ganze Gemälde von mir mit anderen Frauen.

Und brachte das Fass damit gekonnt zum Überlaufen!

Logischerweise war sie ab da alles andere als fromm.

Selbst Schuld!

Ich hatte ihr gesagt, dass es keine anderen Frauen geben würde – wenn sie mir nicht glaubte, war das ihr Problem! Dass sie meinen Worten nicht traute, war eine Tatsache, die ich nicht tolerierte! Das musste und würde sie einfach lernen müssen!

Zur Krönung verwehrte ich ihr UND MIR den Orgasmus zum Feierabend, den ich ihr eigentlich versprochen hatte, holte meinen kleinen Komplizen aus ihr zurück, ohne im Geringsten auf die Erwartung in ihren Augen zu achten … und ging nach Hause.

Meine Rache war mir geglückt! Dachte ich …

15. Mad

Doch sie ließ mich nicht weit kommen …

Der Fahrstuhl, der sonst so gut besucht wurde, war um diese Uhrzeit bereits leer, als ich mit dem Gesicht zur Wand eintrat und mich fragte, wie weit sie mich noch treiben würde ...

Natürlich hatte mich ihre Wut nicht kalt gelassen! Das war nicht richtig, denn es hätte mir egal sein müssen.

Diese Gefühle für sie ...

Dieser verletzte Ausdruck in ihrem Blick ...

Ich stützte mich mit beiden Händen an der Leiste ab, ließ meinen Kopf nach vorne fallen und atmete tief durch ...

Das war gefährlich und dennoch ...

»Was sollte das heute?«, erklang ihre Stimme in dem kleinen Raum und meine Augen flogen auf. Was machte sie hier? War sie mir gefolgt?

Was?

Oh Scheiße ... in mir begann es zu brodeln und das nicht nur, weil mein Schwanz fast schon schmerzte ... weil ihm zum ersten Mal seit Jahren die tägliche heiße Nummer verwehrt geblieben war.

»Ich mache keine leeren Versprechungen, wenn ich sage, dass sich bei mir einiges geändert hat ... Das musst du lernen!« Mit dieser Bemerkung drehte ich mich zu ihr um und verschränkte die Arme vor der Brust.

Sie lachte humorlos. »Oh bitte! Als ob Sie WIRKLICH Interesse an mir hätten! Wir können jetzt wieder mit dem Spaß aufhören! Das am Wochenende war nichts weiter als ein heißer Fick zwischen zwei Feinden ... Wir beide haben immer noch unterschiedliche Ziele ... ich bin immer noch mit Steven zu ...«

Als mein Starren nicht hätte tödlicher ausfallen können, verstummte sie abrupt und erbleichte. Sie verlor kein Wort mehr, sondern glotzte mich einfach nur wie vom Donner gerührt an, machte mich zum totalen Idioten.

Die Erkenntnis, dass sie nie wirklich vorgehabt hatte, MEIN zu werden, fraß sich wie Gift durch meine Adern. Dass sie nicht vorhatte, Steven zu verlassen, bohrte sich in mein Herz und ließ es auf der Stelle zu Stein erstarren. Ich war ein verdammter Idiot und hatte ihr diese Blicke und Worte *tatsächlich* abgenommen!

Während sich meine Augen verengten, schaltete ich auf Autopilot um: »Was will er von dir?«

»M...«

»Ich warne dich!« Meine Stimme war nur noch ein sanftes Hauchen – irgendwas darin ließ sie heftig schlucken und ziellos im engen Raum umherschauen. Als sie wieder auf meine verhärtete Miene traf, zuckte sie förmlich zurück, senkte dann die Lider und biss sich auf die Unterlippe.

Ich dachte schon, es würde niemals eine Antwort kommen, aber da täuschte ich mich, denn nach gefühlten Ewigkeiten öffnete sie erneut den Mund und wisperte: »Er will wissen, welche Projekte ihr geplant habt ... und die Namen aller Investoren ...«

Mein Grinsen fiel ziemlich spöttisch aus. »Blöd, dass die Akten unter Verschluss sind, sonst wärst du wohl gar nicht mehr hier, hm?«

Ihre Augen funkelten nun äußerst wütend, als sie den Blick hob und mich anzischte. »Du hast keine Ahnung, wovon du ... Was tust du?«

Ihre Tirade wurde unterbrochen, als der Fahrstuhl ankam und die Türen aufglitten. Sie wollte aussteigen, doch ich hinderte sie am Ellbogen daran und rammte die Faust auf den Knopf für meine Etage.

Bis wir in meinem Büro waren, ignorierte ich ihr Gemecker und zog sie einfach hinter mir her. Die Tür riss ich auf, die kleine Schlampe wurde mit Schwung herumgedreht und mit Wucht auf den nächstbesten Sessel befördert.

Wortlos drehte ich mich um und marschierte zu meinem Safe. Neben ein paar anderen Dingen bewahrte ich auch diese Papiere dort auf. Keine Minute später hielt ich die gesuchte Mappe in der Hand und schlenderte zu ihrem Schreibtisch.

Sie hatte mich verraten, indem sie mir bei der Clubnummer vorgemacht hatte, etwas für mich zu empfinden. Klar, von Anfang an, war das ihr Plan gewesen, aber ich dachte, bei ihr hätte sich genauso etwas geändert, wie bei mir.

Wenn ich mit anderen zusammen war, war ich ein eiskaltes Tier, doch diese kleine Bestie hatte langsam aber sicher ihre Schlinge um mich gelegt und sie Stück für Stück fester gezogen. Wäre sie ehrlich gewesen, hätte ich mich niemals emotional auf sie eingelassen, auch wenn ich befürchtete, dass dies ihre sofortige Kündigung vorausgesetzt hätte.

Nun, was bisher nicht getan war, konnte noch folgen: jetzt.

Keine billige rosa Schlampe verarschte Maddox Price.

Die Akten landeten klatschend vor ihr auf dem Tisch. Sie starrte sie mit riesigen Augen an, rührte jedoch keinen Finger, und als sie den Blick hob, schimmerten Tränen darin. Offenbar wollte sie etwas sagen, aber ich lehnte mich weiter vor, mit beiden Armen auf den Tisch, und hauchte:

»Nun hast du, was du die ganze Zeit wolltest und jetzt verschwinde! Ich will so etwas Niederträchtiges wie dich nicht länger in meiner Etage sehen.«

Sie keuchte schockiert; ihre Unterlippe begann zu beben ... doch bevor sie ihre Show weiter durchziehen konnte, hatte ich mich bereits umgedreht und war aus dem Zimmer marschiert.

Ich musste es einfach tun, so viel war mir jetzt klar geworden ...

Natürlich hatte ich ihr nicht die richtigen Unterlagen gegeben, aber das konnte sie nicht wissen. Von diesem Experiment hing nicht nur unsere Zusammenarbeit ab, sondern auch eine gemeinsame Zukunft auf allen anderen Ebenen. Denn so unterschiedlich wir auch waren, mit ihr hätte ich es versucht.

Aber nur, wenn ich nicht befürchten musste, dass sie mich jeden Moment hinterging …

Würde sie für mich alles über Bord schmeißen? Ihren Plan aufgeben?

Ich bekam eine eindeutige Antwort, als ich eine Stunde später zurück in mein Büro kam. Der Schreibtisch war leer.

Nicht nur die Akte war verschwunden, sondern auch sie …

16. Mad

Es war nun zwei Tage her.

Ich musste raus, meinen Gedanken freien Lauf lassen, also fuhr ich hinab in die fünf Einkaufsetagen ... Ziellos ging ich an Tiffanys vorbei und missachtete den eifrigen Portier, der mir die Tür aufhalten wollte. Beim Saftgeschäft, der Käseecke, tausenden von Burger/Nudel/Sonstwasläden, Versace, Hugo Boss, Rolex, Dior, Juwelieren, Calvin und Klein, Dolce und Gabbana, Arschundloch, allem möglichen Mist ... bei diesen Geschäften war es stets dasselbe.

Kaum registrierte ich die Kinder, die um mich herumschwirrten, die Pärchen, die am riesigen Brunnen in der Mitte turtelten oder die älteren Leute, die in Zeitlupentempo wüste Rollatorrennen veranstalteten.

Es war, als würde ich als unsichtbarer Schatten durch einen Film marschieren. Ich fühlte mich absolut teilnahmslos, denn Gefühle zuzulassen war immer ein Fehler. Wie mir so schön bestätigt worden war ...

Sogar Marcel ignorierte ich, der mich sonst über die neuesten Geschehnisse im Tower informierte.

Müde ließ ich mich auf eine Bank sinken und den Blick umherschweifen. Mit einer Hand fuhr ich durch mein Haar, die andere hing zwischen meinen Beinen.

Ein greises Ehepaar fesselte meine Aufmerksamkeit. Mit gerunzelter Stirn beobachtete ich, wie der Opa seiner Frau mit einer Serviette etwas Eis von der faltigen Wange wischte. Sie verdrehte die Augen, protestierte jedoch nicht. Seine Miene wirkte, als würde er sie vergöttern, für sie durch die Tore der Hölle und zurück gehen, für sie sterben ... So vieles hatten sie schon zusammen durchlebt, Höhen, aber vor allem Tiefen und dennoch, oder gerade deswegen, saßen sie hier gemeinsam und aßen Eis, liebten sich offensichtlich ebenso wie am ersten Tag und würden bis ans Ende zusammenhalten ...

Niemals würde ich als alter, runzliger Sack mit meiner persönlichen Oma am Brunnen sitzen. Wohl wissend, dass sie stets für mich da sein würde, auch wenn die Impotenz irgendwann, genauso wie der Haarausfall und die Schwerkraft, seinen Tribut fordern würden ...

Und ich war immer damit zufrieden gewesen, musste mich mit diesen Gedanken nie abfinden, weil sie mir bisher nie gekommen waren ...

Nun war es anders ... Jetzt, wo ich wusste, was ich haben konnte und was ich nie bekommen würde.

Das Schlucken fiel mir mit einem Mal besonders schwer und ich räusperte mich, bevor eine Hand in meinem Sichtfeld auftauchte. An dem Siegelring erkannte ich sofort, wer mir den Coffee to go überreichte.

Mit einem Nicken nahm ich die Wohltat an, ohne aufzusehen, konnte mir jedoch genau vorstellen, wie mein Vater dasaß. Zurückgelehnt, locker, weltmännisch. Wahrscheinlich wollte er mit mir übers Geschäft reden, über Zahlen, Fakten, Hintergründe, darüber, dass ich versagt hatte ... auf ganzer Linie ... aber das tat er nicht.

Nach einiger Zeit legte sich seine große Pranke auf meine Schulter ... er drückte sie und signalisierte mir, dass er mich verstand. So kannte ich meinen Vater nicht.

Es verunsicherte mich so sehr, dass ich ihm einen Blick zuwarf, woraufhin er müde ausatmete und den Springbrunnen vor uns in Augenschein nahm.

Es herrschte Stille, obwohl um uns herum Kinder schrien, Frauen über Mode philosophierten, das Wasser rauschte ...

Zum ersten Mal in meinem Leben gab er mir so was wie Beistand, wenn es nicht um Arbeit ging.

Was hatte das zu bedeuten und was wollte er von mir?

Irgendwann stand er wortlos auf und ging.

Erst nach einiger Zeit lehnte auch ich mich zurück und bemerkte die Zeitung, die nun neben mir lag. Hauptschlagzeile: *Steven Meyer – wie verkraftet er die Trennung?*

Stirnrunzelnd tat ich etwas, was ich schon Jahre nicht mehr gemacht hatte. Ich las in einer Klatschzeitung, dass SIE ihn verlassen hatte. Grausame Fotos von ihm und ... ein Bild von ihr tat ich mir auch an. Als es mir in die Augen fiel, sie sitzend in einem Café, mit einer Sonnenbrille auf der hübschen Nase ... und gedankenverloren in die Ferne sehend, driftete ich vollkommen ab.

Alles andere schob sich in den Hintergrund.

Ich sah nur noch sie, fühlte sie förmlich unter meinen Fingern und Lippen. Ich hatte so vieles mit ihr geplant, aber sie hatte niemals wirklich vorgehabt, sich darauf einzulassen. Dass sie sich von Steven getrennt hatte, war sicherlich nur eine weitere List ... Sie würde ihn nie verlassen ... während ich mich in sie ... NEIN!

Als ich ruckartig zu mir kam, hatten meine Fäuste das Papier bis zur Unkenntlichkeit zusammengeknüllt. Abrupt stand ich auf, pfefferte sie in den Müll und ging nach oben ...

***

Es war nun vier Tage her, seitdem sie spurlos verschwunden war, deswegen rechnete ich nicht damit, nun ausgerechnet auf sie zu treffen, als ich mir den Weg zu den Aufzügen bahnte und um die Ecke bog ...

Mein Blut gefror zu Eis, meine Lider verengten sich. Ohne mein bewusstes Dazutun öffnete ich meinen Mund ein bisschen – ich brauchte Luft, um das auszugleichen, was mich bei unserem Wiedersehen durchrauschte.

Sie kam auf mich zu, wirkte zwischen all den Menschen noch kleiner und verletzlicher als in der Sicherheit meines Büros ...

Als taffe Frau hatte ich sie kennengelernt, aber davon war nun nichts mehr übrig. Die Augen waren riesig in dem zarten Gesicht, schienen so verloren und schuldig.

Ich widerstand dem Drang, meinen Arm um sie zu legen und sie schützend an meinen Körper zu ziehen. Dieses Privileg hatte sie sich verspielt.

Erst als sie vor mir zum Stehen kam, verließ mein Blick ihr Gesicht und heftete sich auf die mir nur allzu bekannte Mappe in ihren Händen.

»Ich konnte es nicht ...«, ihre Stimme klang zittrig. Die Augen groß, reuevoll und blutunterlaufen, sie hatte geweint. Das sah man ihr an, es interessierte mich nur nicht. Warum auch?

Mit einem spöttischen Schnauben drehte ich mich abrupt um und marschierte davon, in Richtung der anderen Aufzüge. Sie rief meinen Namen, doch ich reagierte nicht. Sie sollte gehen, dies nicht noch schlimmer machen. Sie sollte dem nicht mehr Bedeutung zukommen lassen, als es hatte.

Die letzten Tage hatte ich mir alles in meinem Kopf zurechtgelegt:

Es war ganz einfach.

Ich hatte das Spiel verloren, denn mehr war es tatsächlich nie für mich gewesen.

Ende dieser Geschichte.

Was wollte sie denn noch von mir?

Ihre Boots machten kein lautes Geräusch auf dem Boden, während sie mir hinterherlief. Doch ihre Stimme kam näher, als sie rief:

»MAD ... bitte ... ich schwöre dir, ich habe es Steven nicht gegeben! Ich konnte nicht ...«

»Und was soll mir das jetzt sagen«, murmelte ich über meine Schulter hinweg, ohne langsamer zu werden und fühlte, wie die Wut wieder in mir aufbrodelte, besonders als sie an meinem Ärmel zog.

»Gib mir nur zehn Minuten! Bitte!«

»Meine Zeit ist zu kostbar!«

»F...«

»Nope!«

Hörbar biss sie die Zähne aufeinander, dann knurrte sie ... »Ich war nie wirklich mit Steven zusammen ... das alles ist nur ein gigantisches Täuschungsmanöver!«

Nun hatte sie meine volle Aufmerksamkeit, also warf ich ihr einen knappen Seitenblick zu.

Der Aufzug kam, die Tür ging auf, ich sah sie an ... und konnte nicht gehen.

Sie stand vor mir wie ein Häufchen Elend mit der dämlichen Mappe in der Hand und ich zog sie automatisch zur Seite, als die Leute ausstiegen, direkt neben die riesige Palme.

»Was willst du?« Eine Träne verfing sich in ihren Wimpern.

»Die Wahrheit.«

»Du hast zwei Minuten.«

»Aber ...«

Ich tippte auf meine Uhr.

Und sie sprach – gehetzt, als hätte sie keine Zeit, was auch stimmte.

»Schon von klein an war es mein großer Traum, Architektur zu studieren. Meine Eltern haben alles dafür getan, um es mir zu ermöglichen ... Ich wollte aber der Welt und ihnen zeigen, dass ich es alleine schaffen kann. Ohne Hilfe, deswegen bin ich in eine andere Stadt gezogen ... hier her ... um an die Uni zu gehen, doch ich brauchte einen Job ... dringend ... Eines Tages lief ich zufällig Steven Meyer in einer Bar über den Weg, wir kamen ins Gespräch, tranken viel Alkohol und ich erzählte ihm meine Lebensgeschichte, sagte ihm, dass ich ein fast fertiges Architekturdiplom besitze, es leider nicht beenden konnte ... Er bot mir einen Job in seinem weltbekannten Konzern an, wenn ich als Gegenleistung etwas für ihn tun würde. Es war nur ein Versuch, denn er wusste, wie man dich am besten manipulieren konnte ... ich stimmte zu ... nichts ahnend, auf was für einen Mann ich bei *Price-Industries* treffen würde ... Das ist die Kurzfassung ... «

Mit großen, leeren Augen blickte sie zu Boden, die Arme hatte sie längst um sich geschlungen ... Sie schien absolut in ihren

Erinnerungen verloren. Dann kam sie wieder im Hier und Jetzt an und ihr Kopf hob sich.

»Aber das alles ist mir nun egal ... Als ich vor Stevens Tür stand, mit der Akte in der Hand, habe ich nur an deinen verratenen Ausdruck denken können, als du sie mir gegeben hast ... und an deine verdammten Küsse, deine Blicke, deine Berührungen ... ich dachte, das wäre alles nur gespielt, aber deine Verletztheit hat mir bewiesen, dass der Schein auch trügen kann ... und es ist mir scheißegal, ob sich mein Traum erfüllt.

Denn ich habe Blut geleckt und diesen Geschmack kann ich nicht mehr vergessen ... Mad ... alles was ich will, ist, dein zu werden ...«

Dies war der Moment, in dem ich das humorlose Lachen einfach nicht länger zurückhalten konnte.

»Scheiße! Bist du gut! Fast hätte ich dir geglaubt! Das nächste Mal vielleicht noch ein paar mehr Tränchen dazu, dann klappt es möglicherweise!« Grob verwuschelte ich ihr den pinken Ball, drehte ich mich um und ging davon.

Die beiden waren wirklich wahnsinnig, wenn sie dachten, ich würde ihnen diese abgefuckte Story glauben!

So wie ich das Miststück einschätzte, hatte sie mich durchschaut, wusste demnach, dass ich ihr nicht die richtigen Daten gegeben hatte, und versuchte sich wieder einzuschleimen, um das Ding doch noch ins Tor zu bringen.

Beim ersten Mal hatte ich das Spiel ja nur zu gerne mitgespielt, ein bisschen mit ihr den Ball gedribbelt, sie ein wenig gereizt und ihn schließlich ohne jegliche Skrupel eingelocht. Das war mein Spezialgebiet, wenn es das Geschäft betraf.

Es war ein Spiel ohne Gefühle gewesen, also bestimmte ich die Regeln. Leider hatte sich ein neuer, unbekannter Gegner eingemischt – mein Herz. Deswegen beendete ich das hier und jetzt – bevor ich vollkommen vernichtet wurde.

***

Schon bald verging mir das Lachen jedoch. Denn mit der Inbrunst einer Verrückten verfolgte sie mich. Ständig lauerte sie mir irgendwo auf, dabei wollte ich doch nur über sie hinwegkommen.

Und es war schwer, immer und immer wieder an ihr vorbei zu gehen, denn eigentlich wollte ich nur eins: Sie an mich ziehen, sie zu meinem machen; beenden, was ich auf der Couch begonnen hatte. So viele Dinge schwirrten in meinem Kopf umher, die ich mit ihr tun wollte. Das war allerdings nur der körperliche Aspekt.

Als sie nach unserem ersten Coucherlebnis atemlos und befriedigt auf mir gelegen und mich einfach nur umarmt hatte, da hatte es sich das erste Mal eingestellt: dieses Gefühl der totalen Geborgenheit. Wärme. Zufriedenheit.

Nie zuvor hatte ich das so in den Armen einer Frau empfunden.

Sie hatte es mir freiwillig gegeben und es war so verdammt angenehm gewesen, dass ich es noch einmal wollte.

Also rammelte ich die nächste Woche fröhlich durch die Gegend, in der Hoffnung sie vergessen zu können und dieses Feeling vielleicht doch woanders zu erleben.

Es war wie ein unbefriedigender Rausch von der falschen Droge. Keine konnte mir diesen einen gewissen Kick geben. Immer wieder verschwammen die perfekten Gestalten und wurden zu dieser einen, die nicht nur mein Körper, sondern gleichfalls mein Herz wollte.

***

Nach einer Weile war ich nur noch frustriert. Alle Angestellten lösten sich in Luft auf, sobald ich nur den Raum betrat. Keiner wagte es, auch nur falsch einzuatmen, sie tänzelten auf Zehenspitzen, versuchten, bloß nicht meine Aufmerksamkeit auf sich zu ziehen, und Gnade ihnen Gott, wenn sie dennoch einen Fehler begingen.

Mein Vater sah mich nur stirnrunzelnd an und schüttelte den

Kopf.

Und so verging die Zeit bis zum finaligen Finale, das durch einen kleinen, spontanen Besuch von einer bestimmten Person angestimmt wurde – Kasper.

Ich hatte keine Ahnung, was ihn hierher verschlagen hatte, als meine Empfangsdame ankündigte, dass er mich sprechen wollte.

Gut.

Sollte er nur kommen.

Als ich den Whiskey vorbereitete, verbot ich mir dabei jegliche Erinnerungen an feuchte Bauchnabel und nackte Haut.

Obwohl er den Deal mit Steven so gut wie abgeschlossen und ich in jeder Hinsicht verdammt noch mal verloren hatte, war ich gespannt.

Es konnte nur etwas Gutes heißen, wenn er mich aufsuchte.

Tat es leider nicht.

Seit meinem achten Lebensjahr betrieb ich Kampfsport und dies war das erste Mal in meinem Leben, bei dem ich an mich halten musste, um mein Können nicht am lebenden Objekt zu beweisen und jemanden *zu töten*. Aber ich fange am besten vorne an.

Kasper war riesig und hager – er erinnerte an eine Gottesanbeterin. Sein Gesicht war abgemagert, die Wangen eingefallen, die lichten, blonden Haare entweder mit Fett oder Gel nach hinten geklatscht. Keiner wusste, wie alt er war. Er hätte genauso gut 30 oder 60 sein können. In einem Moment schien er jugendlich, im nächsten wie ein Greis. Außerdem existierte eine einfache Umschreibung für diesen Kerl: der perfekte Fiesling.

Der soeben Beschriebene saß mir also in seinem dunkelblauen Anzug auf der weißen Couch in meinem Büro gegenüber. Ich thronte auf jener, auf der ich auch das erste Erlebnis mit *ihr* gehabt hatte, es war mir zuwider gewesen, ihm diese anzubieten. So, als würde er sie entweihen.

Auf jeden Fall zierte derweil ein falsches Lächeln seine Visage. »Erfreulich, dass Sie mich nach meiner Absage empfangen, Mister Price ...«

Meine Assistentin (die Langweilige) kam hereingedackelt, um Kaffee anzubieten, doch bevor sie den Mund aufmachen konnte, scheuchte ich sie bereits mit einer Handbewegung aus dem Raum.

Ich grinste ebenso wie er und breitete die Arme auf der Lehne hinter mir aus. »Im Geschäft ist kein Platz, um nachtragend zu sein!«

»Da haben Sie wohl recht ...«

Immer, du hässliches Insekt.

Mein Grinsen wurde breiter. »Und was erweist mir die Ehre Ihres Auftauchens?«

Nun war jedes Lächeln verschwunden. »Ich hatte mit Steven Meyer eine Abmachung, an die er sich nicht halten kann.«

Und das erzählte er mir einfach so? Was hatte das mit mir zu tun? Anstatt zu antworten, hob ich eine Braue.

»Es ging um etwas, was ich besitzen möchte und was er mir besorgen wollte ...« Jetzt glitzerten seine Augen auch noch gierig ... Seine Rolle spielte er ziemlich gut.

Er sagte nichts mehr, sondern glotzte mich nur an.

»Und das wäre?«, bohrte ich irgendwann nach.

»Seine Ex-Verlobte.«

Nun fiel mir fast alles aus dem Gesicht! Aber nur innerlich, äußerlich zuckte ich nicht mal mit der Wimper.

»Wie es bei solch gefühlsbetonten, unausgeglichenen Verbindungen der Fall ist, hat der überlegene Part verstanden, dass der andere ihm nichts zu bieten hat, und löste die Beziehung.« Blasiertes Gelaber für Anfänger, dachte ich nur und starrte weiter. Hatte sie sich *tatsächlich* getrennt?

»Er hatte versprochen, sie mir für eine Nacht auszuleihen«, platzte die nächste Bombe, bevor er fast schon niedergeschlagen seine Hemdärmel richtete. »Allerdings ist sie nun weg und er kann seinen Teil der Abmachung nicht einhalten. Und hier kommen Sie ins Spiel: Ich weiß, dass sie Ihre Assistentin ist. Im ganzen Tower munkelt man darüber, dass Sie eine Verbindung zu ihr pflegen, die über das Geschäftliche hinausgeht ... Jeder weiß, dass die Frauen ihnen absolut hörig sind ... und ich weiß, dass sie den Vertrag mit meinem Unternehmen allein um ihres Vaters willen wollen ...«

Das ließ er gekonnt im Raum stehen, während ich meine Nasenflügel blähte – unauffällig.

Ja!

Ich hatte ihn!

Letztendlich hatte mein Plan doch funktioniert, wir würden den Deal mit Kasper bekommen und diesen Hurensohn von Steven schlagen ... *Wenn* ...

»Das heißt, *Sie* wollen lediglich eine Nacht mit meiner Angestellten und dafür erhalten wir den Zuschlag?«

Er nickte. Sein aufmerksamer Insektenblick lag unverwandt auf mir. Ich fühlte förmlich die vibrierende Anspannung, die von ihm ausging. Scheinbar gleichgültig ließ ich die Eiswürfel in meinem Glas hin und her klirren, wirbelte die goldbraune Flüssigkeit immer und immer wieder im Kreis.

»Was wollen Sie genau von ihr?« Meine Stimme hätte nicht härter klingen können, denn eigentlich war es mir klar. Alles in mir schrie und protestierte, grölte, boxte ihm immer und immer und immer wieder mit der Faust in seine miese Visage, bis meine Couch nicht mehr weiß und sein Gesicht nur noch Matsch war. Doch äußerlich ... war ich nach wie vor der gestandene Geschäftsmann und nicht der durchdrehende Verlierer ...

Jetzt grinste er erneut, jedoch absolut widerlich.

»Sie ist eine schöne, exotische Frau mit Temperament und einer *besonders offenen Freizügigkeit*, bitte stellen Sie sich nicht dumm, Mister Price. Es gibt wohl keinen Mann in diesem Tower, der sie nicht besitzen will.«

Noch ein paar Kicks mit dem Ellbogen in die Magengegend, dann seinen Kopf nehmen und ihn auf die Tischplatte schmettern, bis das Kristall ebenso zersplittert, wie seine Knochen.

Stattdessen ... ein gönnerhaftes Lächeln. »Ich verstehe.«

»Also? Machen Sie ihre Verträge fertig ... ich werde sofort unterschreiben.«

Es sind nur Gefühle, hier geht es ums Geschäft.

Dieses Unternehmen ist deine Familie und du würdest alles dafür tun.

Alles dafür opfern.

Alles dafür vernichten.

Auch sie.

Oder dich selbst!

Sie ist nur eine Frau!

Emotionen gehen vorbei, die Firma bleibt!

»Sehr gern, Kasper. Wir haben einen Deal ...«

17. Leo

Als ich die Karte von ihm bekam, blieb mein Herz fast stehen, denn ich hatte gedacht, nie wieder etwas von ihm zu hören. Zwar hatte ich ihn innerhalb der letzten zwei Wochen nicht in Ruhe gelassen, hatte ihm geschrieben, ihn angerufen, war im Tower umhergeirrt und hatte so gut wie jede Möglichkeit genutzt, um mich zu erklären. Doch es wäre nicht Maddox Price gewesen, wenn er auch nur ein Stück weich geworden wäre.

Er behandelte mich wie Luft.

Und ich demütigte mich immer weiter, obwohl es nicht meine Art war, denn mir blieb keine Wahl. Ich konnte es nicht ertragen, dass gerade er glaubte, ich hätte ihn verraten.

Natürlich war genau das anfänglich der Plan gewesen, und ich hatte wirklich zwanghaft versucht, daran festzuhalten, besonders nach unserem ersten Mal auf der Couch.

Weil mich unsagbare Angst bei dem Gedanken überkam, was mit mir passieren würde, wenn er die Gefühle nicht erwiderte, die sich von Tag zu Tag in mir verfestigten und gegen die ich absolut machtlos war ...

Dann kam der Schock.

Ich hatte gemerkt, dass es bei ihm *wirklich* schon lange nicht mehr nur ums Gewinnen ging. Dass er mit offenen Karten spielte und dass Maddox Price *mich* als Preis wollte!

Das war überwältigend.

Diese Erkenntnis fegte mein Hirn leer und ließ mein Herz gleichzeitig rasen. Schmetterlinge vergewaltigen meine Bauchwände und es gab nur noch eines, woran ich denken konnte.

Ich wollte mit ihm zusammen sein.

Egal, was es kostete.

Doch da lagen die Insekten bereits zuckend am Boden, vollführten ihre letzten Atemzüge und die heiß begehrten Unterlagen befanden sich vor mir auf dem Schreibtisch ...

Ich hätte sie Steven geben können, vorausgesetzt, es waren die Richtigen, was ich eher nicht annahm, aber selbst wenn ... ich konnte einfach nicht.

Stattdessen marschierte ich schnurstracks zu Steven und teilte ihm mit, dass unser Deal geplatzt war! Dass ich nicht länger als seine Freundin auftreten und auch sonst nichts mehr für ihn tun würde. Ich wollte mit ihm nichts mehr zu tun haben ... und die ganze Welt belügen.

Dann verkroch ich mich zu Hause und tat etwas, was ich jahrelang nicht geschafft hatte:
Ich weinte aus vollem Herzen. Weinte, weil mir das Schicksal so einen Mann offenbart hatte und ich ihn dennoch niemals haben würde.

Weil ich ihn schon verletzt hatte, noch bevor ich ihn richtig kennenlernen durfte.

Weinte, weil mein Leben so war, wie es war.

Nur weil ich ein einziges Mal die falsche Abzweigung eingeschlagen hatte, fand ich nie wieder auf die richtige Straße zurück. Die Hintergassen waren meine Welt, alles, was mit Licht und Sicherheit zu tun hatte, für mich unerreichbar.

Bis ich ihn kennengelernt hatte. Er hatte mir gezeigt, wie es war zu fühlen, zu leben und ... zu lieben ...

Und sich leiten zu lassen. Diese tiefe Rebellion in mir war nur ein stummer Schrei nach Autorität, nach Regeln, die ich weder im Elternhaus noch sonst wo jemals erhalten hatte, die jeder Mensch aber benötigt, um sein Dasein einigermaßen auf die Reihe zu bekommen.

Er hätte mich an die Hand genommen und mich auf den richtigen Weg geführt. Ich hätte mich nur fallen lassen brauchen ... Er war sicher und stark - wusste instinktiv ganz genau, was ich brauchte, noch vor mir selbst! – doch ich hatte ihm nie vertraut.

Das alles hatte ich verloren und irrte nun wieder allein umher – dachte ich zumindest.

Bis zu jenem Tag, als ich die Karte bekam.

»Sonntag. 23 Uhr. Apartment 26.«

Mehr benötigte es nicht, um die Schmetterlinge wiederzubeleben.

Ich merkte schon an der klaren, wohlproportionierten Handschrift, dass er das eigenhändig verfasst hatte, und drückte das schwere Papier an meine Brust.

Wahrscheinlich hatte er mittlerweile in irgendeinem Klatschblatt gesehen, dass ich mich von Steven getrennt hatte, so war mein offizielles Statement gewesen, damit Steven auch wirklich begriff, woran er war ... und wollte noch einmal mit mir reden.

Vielleicht hatte er über meine letzten Worte nachgedacht ...

Vielleicht hatte ich doch noch nicht verspielt.

Vielleicht waren seine Gefühle stark genug, um mir eine Chance zu geben ... denn jeder verdient doch eine zweite Chance im Leben.

Ich war so dumm. Was dachte ich mir nur dabei?

Maddox Price ist kein Mann der Gefühle.

***

Mein Herz klopfte mir nun sogar bis unter die Schädeldecke, als ich mit dem gläsernen Aufzug in die höchsten Etagen des Towers fuhr – also dorthin, wo sich die Wohneinheiten befanden. Luxuriöse Behausungen, die sich kaum jemand leisten konnte, wenn nicht der gesamte Generationsstrang niemals Geldprobleme haben würde. Alle, die hier arbeiteten, wollten dort oben wohnen, doch dieses Ziel erreichten nur die Wenigsten – er war einer davon.

Reichtum bedeutete mir nichts ... das redete ich mir zumindest ein. Aber viel zu lange hatte ich darauf verzichtet (mein ganzes Leben um genau zu sein), um es nicht zu genießen, als ich direkt in seinem Apartment ausstieg und mich sofort fühlte, wie die Punkerversion einer Prinzessin.

Es spielte leise Pianomusik. Irgendwo plätscherte Wasser und der Geruch von Reinheit und Frische griff um sich. Der Boden bestand aus Marmor, die Wände waren mit uralten Gemälden geschmückt, die Architektur einzigartig. Und im Wohnzimmer, das etwas niedriger lag, als der Rest der Wohnung und das man durch vier Stufen aus anderen Zimmern erreichen konnte, stand er.

Vor seinem Kamin und offenbarte mir sein Profil. In einer dunklen Hose und einem weißen Hemd und sah einfach nur … großartig aus. Besonders, weil man hinter ihm die leuchtende Skyline überblickte und weil der wirklich riesige, gedimmte Lüster gemischt mit dem prasselnden Feuer im mannshohen Kamin ein düsteres Licht auf ihn warf.

Er lächelte nicht, als er mich erblickte.

Starr sahen wir uns an. Ich im Rundbogen, er mitten im Raum.

Sein Blick schweifte über meinen Körper … und verbrannte mich, so wie immer.

Über meine halterlosen schwarzen Strümpfe, den Minimikrorock mit Kuhflecken und das Lederkorsett … Er schluckte angestrengt, ich bemerkte es genau, doch als er mir in die Augen sah, vertrübte seinen nunmehr lüsternen Ausdruck etwas … das fast schon an Qual grenzte … bevor er den Kopf von mir wegdrehte …

Ich hielt die Luft an, bewunderte sein wunderschönes Seitenprofil, sehnte mich danach, ihn zu berühren …

Unverhofft … stellte er sein Glas mit einem Ruck auf dem Kaminsims ab, drehte sich mir zu und kam mit sicheren Schritten auf mich zugeschlendert, wie Towers-Next-Topmodel.

Kaum gelang es mir, Luft zu holen, da stand er bereits auf der Stufe unter mir.

Seine Hände schnellten vor, er ergriff mein Gesicht. Ohne Pause zog er mich an sich und presste seine wunderbaren Lippen, in einer beinahe verzweifelten Geste, auf meine.

Erleichtert stöhnte ich auf.

Es war wie Heimkommen … zurück ins Licht … auf den rechten Weg, mit ihm als Chauffeur und als Security …

Solang ich in seinen Armen war, würde mir nichts passieren.

Diese Gewissheit war auch ein Instinkt, den ich schon immer bei ihm empfunden, aber dagegen angekämpft hatte. Nun wusste ich, was ich brauchte ... Allein seine Anwesenheit beruhigte mich enorm, genauso, wie mich die angeborene Dominanz, die *stets* von ihm ausging, erregte ...

Meine Finger krallten sich in seine Handgelenke, ich lehnte mich an ihn, rieb mich an ihm, konnte nicht genug von ihm bekommen und hauchte seinen Namen, als wir uns mit den Lippen verschlangen.

Das war kein keuscher Kuss, sondern pure Leidenschaft.

Ich war das erste Mal bei ihm in der Wohnung. Hier hatten wir alle Zeit der Welt. Wir konnten es genießen, (wenn wir nicht sofort kamen) ... Ich hatte ihn ganz für mich allein. Nur für mich!

Erst jetzt erkannte ich ziemlich schockiert, wie schmerzlich ich ihn wirklich vermisst hatte, wie sehr mein Körper und mein GEIST ihn tatsächlich brauchten!

Er fluchte leise, als ich ihn die Stufe hochzog und gegen die Wand neben uns schubste, ließ aber seinen Kopf selbstvergessen zurückfallen, die Hände nun tief in meinen Haaren vergraben, während ich seinen Hals attackierte und sein Hemd mit einem Ruck aufriss.

Sein heiseres Lachen klang so männlich!

In mir zog sich schon wieder alles zusammen!

Ich wollte ihn!

Sofort!

Mit Haut und Haaren! Und ich würde alles für ihn tun ...

Als Beweis ging ich vor ihm auf die Knie und öffnete langsam seine Hose ... *Ich bin DEIN, ich tue alles für dich. Ich knie vor dir und ich genieße es ...*

Mit düsteren, lüsternen Augen sah er auf mich herab. Seine Miene war absolut unlesbar, aber ich wollte, dass er mein wahres Ich sah.

Ich hatte ihn nicht betrogen und ich würde es auch nicht tun, sondern alles für ihn sein ... Für ihn würde ich meine Rebellion aufgeben und mich ihm unterwerfen (natürlich nur im Bett!) ... wenn er darauf noch Wert legte. Früher hatte er meine Demut immer gefordert, doch sie jetzt nehmen, wo ich sie ihm anbot? Ich wusste nicht, ob er nach allem was geschehen war, nach wie vor dazu bereit war.

Er zeigte mir mit nichts, ob er einverstanden war, oder nicht.

Klar.

Dass ich seinen steinharten riesigen Schwanz auspackte und sanft mit meiner Zunge seine Eichel umkreiste, die Adern bis zum Schaft und zurück nachzeichnete und ihn dann in meinen Mund saugte, das (also das Körperliche), ließ er nicht nur zu, er genoss es aus vollen Zügen ...

Aber, ob er gefühlstechnisch ebenfalls auf mich einging, konnte ich nicht einmal ahnen.

Es war egal.

Vorerst.

Im Moment wollte ich ihm nur mich geben und nichts von ihm verlangen.

»Frau ... du bringst mich um ...« Seine Stimme war immer noch rau und heiser. Zu wissen, dass sie wegen der Lust so klang, die ich ihm schenkte, machte mich feucht und brachte alles in mir zum Pulsieren.

Er biss die Zähne aufeinander und stöhnte, als ich grinste und dann fester saugte ... nur um ihn wieder aus meinem Mund ploppen zu lassen, eifrig an seiner harten Eichel zu lecken und zu saugen wie an einem übergroßen Chupa Chups-Lutscher.

»Schluck!« Fast schmerzhaft vergrub er seine Finger tiefer in meinen Haaren, ließ den Kopf zurückfallen, schloss die Augen, runzelte die Stirn und ... kam.

Und wie!

Strahl für Strahl schluckte ich, sah mir dabei sein wunderschönes, vor Lust verzerrtes Gesicht fasziniert an und wusste: Vor ihm kniete ich tatsächlich nicht nur gerne – ich liebte es.

18. Leo

Sobald alles brav gegessen, oder besser gesagt getrunken war, beförderte er mich an den Haaren nach oben und küsste mich wild. Der Schmerz zog unangenehm durch meine Kopfhaut, strandete jedoch erregend zwischen meinen Beinen.

Ich wusste, er schmeckte sein Sperma, was ihm anscheinend nichts ausmachte.

»Ich will dich schon so lange nackt hier haben, du hast keine Ahnung davon ... Umdrehen!« Als würde sein Befehl nicht reichen, wirbelte er mich herum und schnürte mein Korsett auf. Derweil küsste er meine Schultern, meinen Nacken und ließ es zu, dass ich meinen Hintern an ihm rieb wie eine kleine, rollige Katze.

Ich war so unsagbar heiß auf ihn ... Ihn in meinem Mund kommen zu lassen, war eine der erotischsten Erfahrungen, die ich je erleben durfte. Dabei hatte ich schon vielen Kerlen einen Blowjob verpasst, doch bei Maddox Price war alles anders.

Kaum war mein Oberkörper nackt, drehte er mich wieder herum ... pinnte meine Hände rechts und links von meinem Gesicht fest und trat etwas zurück.

»Beweg dich nicht!«, befahl er, als ich meine Arme senken wollte.

Ich fühlte mich so absolut entblößt, obwohl ich noch immer Rock, Strümpfe und Schuhe trug ...

Wie hungrig er meine Brust anstarrte!

Ich wollte diese Lippen auf meinen harten Nippeln!

Mad schluckte und legte den Kopf schief. Er sagte nichts, aber sein dunkler Blick sprach Bände, als er wieder an mich herantrat und beide Brüste mit seinen langen Fingern umfasste, sie hielt und mich nun gemächlich küsste ...

Seine Lippen glitten betörend über mein Kinn und meinen Kiefer, immer weiter herab ... Ich stöhnte rau, versuchte erneut, meinem Schritt an seinem Schwanz zu reiben, der nun halbsteif aus seiner Hose ragte, doch er wich mit seinen Hüften aus und gab mir nichts weiter als seine Hände und Lippen.

Der Sadist! Oh ja! Das war er! Er wusste, was er tat.

Und das würde er mir die nächsten Minuten beweisen! Ich fürchtete es ebenso, wie mich die Vorstellung anmachte.

Träge wanderte er weiter über die empfindliche Haut meines Halses, während seine Finger absolut geniale Dinge mit meinen Brustwarzen anstellten. Ich wusste nicht, was er genau machte, aber jede einzelne Berührung fuhr sofort in meinen Intimbereich und ließ mich noch feuchter, noch bereiter werden ...

Nach Jahrmillionen süßer Qualen war sein Mund endlich am Ziel. Ausgiebig beschäftigte er sich mit meiner Oberweite – fast so als würde er sie anbeten – so voller Hingabe und Ehrfurcht. Es war so sexy ... Sein Atem kühl auf meiner feuchten Haut; seine Zunge genauso frech und forsch wie der ganze Mann.

Irgendwann, ich wimmerte schon vor ungestillter Lust, erbarmte er sich meines Bären und öffnete den Reißverschluss des Rockes ... ließ ihn zeitgleich mit meiner Beherrschung zu Boden gehen, und riss meinen Slip mit einem schmerzhaften Ruck von meinen Hüften. Bevor er vor mir auf die Knie sank und die Schuhe auszog.

Maddox Price vor mir auf den Knien – ein Bild, an das ich mich gewöhnen konnte!

Ich lächelte schüchtern auf ihn herab, hatte kaum noch Platz in meinen Lungen, um neuen Sauerstoff einzusaugen.

Er lächelte nicht zurück, sein Gesichtsausdruck war verbissen ...

Irgendwas stach unangenehm in meinem Bauch – es passte hier einfach nicht rein ... irgendwas ... stimmte nicht ... irgendwie ...

Dann schnellte er plötzlich auf die Beine und hob mich hoch! Auf seine Arme!

Mit bestimmten Schritten trug er mich in irgendeinen Raum, in der Mitte befand sich ein schwarz bezogenes Bett, auf das er mich warf. Ich vermutete, dass ich nun in seinem Schlafzimmer war ...

Meine Kehle wurde trocken, als er mir in die Horizontale folgte, seine Hüften zwischen meine Beine schob und mich küsste, wobei ich *endlich* wieder seinen Schwanz an meinem nichthaarigen Bären spüren durfte.

Und oh ja ... Mad war verdammt hart ... Er rieb sich geschmeidig an mir und ich fragte mich geistesabwesend, ob er mal eine Ausbildung als Stripper oder so absolviert hatte, so wie er die Hüften bewegen konnte ... während er mich erneut eroberte, dabei meine Arme über meinen Kopf streckte und es *klack* machte!

Handschellen!

Scheiße!

Meine Augen flogen auf und ich starrte ihn schockiert an.

Er grinste spöttisch und packte auch mein anderes Gelenk, ehe ich es in Sicherheit bringen konnte. Ich hatte keine Chance, nicht einmal den Hauch davon und schon war ich absolut wehrlos.

»W...«

»Shhh ...« Zwei lange Finger legte er auf meinen Mund, bevor er sie hineinschob. Sein Geschmack auf meiner Zunge war die reine Ekstase, herb, männlich. Automatisch saugte ich an allem, was ich von ihm bekommen konnte.

Leider gönnte er mir diesen Spaß nicht lange, denn in Slow Motion strich er nun eine feuchte Linie über mein Kinn, meinen Hals, zwischen meine Brüste, bis zu meinem Bauch. Während sein dunkler Blick mich nicht losließ und mehr erzählte als tausend Worte.

Als ich mich unter dieser Sinnlichkeit in Person wohlig rekelte, bohrte sich seine zweite Hand in mein Becken und zog mich mit einem Ruck hinab, sodass mein Körper straff gespannt wurde.

AU! Wütend/Lüstern funkelte ich ihn an.

Ehrlich! Musste er mich immer so schock... Er küsste mich erneut, bis es mir egal gewesen wäre, wenn er mich für immer an dieses Bett gefesselt und dann Freddy Krüger eingeladen hätte.

Es irritierte mich ein wenig, dass er so untypisch gar nichts sagte, aber anderseits gibt es ja nicht nur eine Art, sich auszudrücken und was er gerade mit mir anstellte, hätten Worte ohnehin nicht vollbracht.

Leider löste er sich von mir, wich auf seine Hacken zurück.

Nur in Strümpfen, lag ich also mit beiden Armen wehrlos festgekettet da und war dazu verdammt, seine visuellen tödlichen Liebkosungen zu ertragen ...

Er widmete sich jedem Körperteil mit absoluter Gründlichkeit.

Sog scheinbar jede meiner Kurven in sich auf und verführte mich, ihm flehend meine Hüften entgegen zu strecken, was er anscheinend als Einladung verstand.

Im nächsten Moment hob er mein Becken komplett und erinnerte mich für einige Sekunden an meinen letzten Yogaunterricht. Offenbar total locker stützte er mich, doch ich konnte mich sowieso nicht wirklich auf meine akrobatische Einlage konzentrieren, denn er verbrannte mit einem Zug seiner Hand und ausgebreiteten, besitzergreifenden Fingern zuerst mein Dekolleté, meinen Bauch und schließlich mein Schambein, was mich förmlich in Flammen aufgehen ließ.

Forsch tauchte er zwischen meine Schamlippen und ich stöhnte hilflos auf, als er zufrieden bemerkte, wie es um mein zwischenbeinliches Klima stand. Ich war so feucht wie noch nie in meinem Leben, ich glaube es TROPFTE von meinem Hintern!

PEINLICH!

Triumphierend sah er mich mit diesem herablassenden Gesichtsausdruck an und verschwand aus meinem Intimbereich, packte mich mit einem Mal mit beiden Händen genauso fest am Arsch, wie das Eisen der Handschellen mich gefangen hielt, und leckte mich genüsslich.

Seine Zunge war heiß und forsch, bestimmend, dominant und ebenso wissend, wie der gesamte Mann ...

Jedem Zentimeter zwischen meinen Beinen widmete er sich mit Hingabe, biss ab und zu in meinen Innenschenkel, wenn ich zu heiß wurde, leckte dann aber entschuldigend und auch neckend über die kleine Wunde ... Er spielte mit meiner Clit, meinen

Schamlippen, meinem Eingang, meinem Venushügel ... setzte mich komplett in Brand, dämpfte ihn etwas, nur um ihn dann erneut doppelt so stark zu entfachen.

Ich weiß nicht, wie lange er mich so folterte. Auf jeden Fall gingen mir irgendwann die Schimpfworte aus!

Dann ließ er wieder von mir ab.

»Ich bestimme, wann du kommst!«, meinte er streng, während er sich ganz aufrichtete und mich so an sich herabsenkte, dass ich mit meinem Intimbereich eine nasse Spur Erregung auf seinem durchtrainierten Oberkörper hinterließ, zu gut seinen Schwanz spürte und dann so auf den Kissen zum Liegen kam, dass er zwischen meinen bebenden Beinen knien konnte.

»Verstanden?«

Unverhofft klatschte er mit seiner Eichel auf meinen Kitzler ...

Ich schrie »Jaaaa ...« ...

Er glitt spöttisch grinsend an meinen Schamlippen entlang ... und zurück nach oben mit seiner harten, prallen Spitze direkt ... über meine Clit – schon wieder!

»Ja, was?«

Ich kreischte: »SIR, VERDAMMT!«

Dieses Schema wiederholte sich ein paar Mal. Der Folterspezialist ließ dabei mein gequältes Gesicht nicht aus den brennenden Augen und bombardierte mich mit Fragen ... die ich nur stammelnd beantworten konnte.

Noch nie in meinem Leben war ich so erregt gewesen!

Er sollte endlich das Finale einläuten!

Das tat er auch ...

Nach gefühlten Jahrmillionen!

Seinen Schwanz ließ er aufreizend hart auf meinem Venushügel liegen, glitt mit seinen Händen bis zu meinen Knien, drückte mich nach unten, entblößte mich absolut und bohrte mit einem kleinen Ruck NUR seine harte Spitze in mein Inneres.

»Ich werde dich jetzt ficken ... langsam ... und du wirst nicht kommen, bevor ich es dir sage, verstanden?« Ich nickte hektisch.

Schweiß floss über seine Bauchmuskeln ... und seinen schönen Hüften dabei zuzusehen ... wie er laaaaaangsaaaaam weiter in mich eindrang, war das reinste Aphrodisiakum.

Es fühlte sich heftig an, obwohl ich mittlerweile von den unzähligen Fast-Orgasmen mehr als vorbereitet war. Sein Schwanz war einfach zu groß, zu perfekt, zu himmlisch ... und mein Bär mittlerweile zu heiß auf ihn.

Tapfer biss ich die Zähne aufeinander, kämpfte verzweifelt gegen den Drang an, mich um ihn herum zusammenzuziehen, aus Angst, dass ich dann wirklich gleich explodieren würde. Doch irgendwann war er vollständig in mir ...

Er atmete tief durch, nahm meinen Blick warnend gefangen und ließ ihn nicht wieder los, warnte mich allein damit vorm Kommen, bevor er anfing, sich vorsichtig aber mit kontrollierten, sicheren Stößen in mir zu bewegen.

Wir stöhnten.

Seine Finger bohrten sich in meine Hüften, hoben mich sich entgegen. Verzweifelt warf ich meinen Kopf hin und her, konnte unter keinen Umständen dieses Prachtexemplar von Mann weiter beobachten, erinnerte mich dann aber wieder an die Anschauregel und riss die Lider auf. Abgelenkt zog er einen Mundwinkel nach oben, runzelte dann aber keuchend die Stirn und änderte den Winkel, warf den Kopf nach hinten.

Ich glaube mein Name kam als atemloses Hauchen über seine wunderbaren Lippen ...

HILFE! Ich ruckelte an meinen Ketten, wurde fast verrückt, wegen des unbändigen Wunsches nach Erlösung. Auch mir entschlüpfte aus Versehen meine Bezeichnung für ihn ... denn sie war so passend, was seine Konzentration nun wieder auf mein Gesicht lenkte.

Das hier war es, was er die ganze Zeit gewollt hatte, ich sah es an der Art, wie sich sein Ausdruck wandelte ... Wie er dieses Szenario förmlich in sich aufsaugte ...

Mich – in seinem Bett.

Willenlos.

Wehrlos.

Hingebungsvoll ...

In diesem Moment merkte ich aber ebenfalls, dass ich mich tatsächlich und unwiderruflich in ihn verliebt hatte.

Das sagte ich ihm nicht, zeigte es ihm allerdings mit meinen Lippen, als er sich stöhnend zu mir herabbeugte und mich wild küsste ...

Und dann umfingen seine Hände mein Gesicht, er verlagerte sein Gewicht komplett auf mich ... Meine Oberschenkel brannten vor Dehnung, aber niemals wieder würde ich ihn irgendwie von mir fernhalten.

Sein Kuss veränderte sich, und seine so beherrschten Stöße wurden etwas fahrig, aber gleichzeitig auch zärtlicher.

Die Stimmung kippte – wurde bittersüß ...

Als ich erneut hilflos seinen Namen wimmerte, löste er sich ein wenig von mir ... sah mich eindringlich und glühend an, während er mich tief fickte ... und strich mit dem Daumen zittrig über meine Schläfe ...

»Es tut mir leid ...«, murmelte er heiser, sein Atem liebkoste mein Gesicht ...

Ich verstand nicht, was er meinte ...

»Nichts muss dir leidtun ... Nimm mich«, hauchte ich und umfing mit meinen Beinen seinen Unterkörper, hielt ihn so nah, wie ich konnte und wie ich es noch nie bei einem anderen Menschen zugelassen hatte.

Er lachte humorlos, es endete jedoch in einem heiseren Stöhnen, als ein kleiner Vororgasmus mich überrannte und er ihn ebenso intensiv fühlte, wie ich. Ich keuchte an seinen Lippen.

»MAD ...«

»Es tut mir leid ... *verdammt* ...«, wiederholte er noch einmal fester, fast schon rasend, genauso, wie seine Stöße wurden.

Er hatte sich entschlossen. Und nun trieb er mich knallhart an ...

Ich hatte keine Chance!

»Komm für mich ... noch ein letztes Mal!«

Mein Körper war längst dabei auf seinen ersten Befehl zu reagieren, als mir klar wurde, was genau er *danach* gesagt hatte!

Ein letztes Mal!

Ich wollte schreien, protestieren, weinen!

Doch ich konnte nicht, weil mich soeben ein übler Orgasmus mit sich in luftige Höhen riss und auf Wolken schweben ließ, bevor ich unweigerlich auf dem Boden aufkam und in tausend winzige Teile zerschellte ...

Ein letztes Mal!

NEIN!

19. Mad

Sie war wunderschön, wie sie mit geröteten Wangen, geschlossenen Augen und zerzausten Haaren nur in Strümpfen, an den hinreißenden, langen Beinen auf meinem Bett lag und in ihrer postkoitalen Entspannung schwelgte.

Ich stand über ihr, schloss gerade meine Hose und konnte nicht den Blick von ihr nehmen. Das Gesicht hatte sie etwas zur Seite gedreht, ein Bein war angewinkelt, sie rekelte sich träge und biss sich auf die Unterlippe, während sie mich unter müden Lidern ansah.

Scheiße!

Sie war wirklich die Verführung in Person – wie für mich geschaffen.

Doch nein, sie gehörte nicht nur mir.

Heute Nacht würde ich sie mit einem anderen ... Mann (ich kotzte fast) teilen und somit alles zerstören.

Gut. Ich hatte sie mit Absicht zwei Stunden früher hergebeten, weil ich wusste, dass ich die Finger nicht von ihr lassen konnte. Aber jetzt lag sie da und sah mich so vertrauensvoll an, dass irgendwas in meiner Herzgegend stach.

»Komm wieder her ...«, forderte sie schüchtern und rieb ihre seidigen Schenkel aneinander.

Ich schüttelte den Kopf und schloss den letzten Knopf meiner Hose.

Daraufhin wurde die Stirn gerunzelt und geschmollt. »Wieso nicht?«

Ja. Sie hatte mich nicht verraten.

Ja. Sie war nicht mehr mit Steven zusammen und es war wirklich fraglich, ob sie es jemals gewesen war. Marcel hatte mich sehr ausgiebig über die Sachlage informiert, OHNE, dass ich ihn darum

120

gebeten hatte! Aber den Kerl abzuwimmeln, wenn er etwas wollte, war unmöglich ...

Ja. Sie hatte sich mir tatsächlich soeben absolut unterworfen ...

Aber nein. Ich würde sie nicht verschonen.

Nein. Ich würde nicht Gefühle über das Geschäft stellen, das tat ich nie.

»Das Spiel ist noch nicht vorbei, Miss Punkergirl ...«

Jetzt sah ich erste Wut in ihren Augen aufblitzen, aber ich ging bereits um das Bett herum zur Tür. »Doch, das ist es! Es ist schon lange kein beschissenes Spiel mehr! Verstehst du das nicht? Ich will dich! JETZT! Und später und morgen auch!«

»Pech, würde ich sagen ...«, murmelte ich vor mich hin.

»WAS?«

»Ich sagte: PECH. Für. Dich! Süße. Ich habe dir nie ein Morgen angeboten, sondern immer nur den Moment ...«

»Das ... das ... meinst du doch nicht ernst!« Ihre Unterlippe fing an zu beben, als ihr klar wurde, was ich ihr und mir gerade versuchte weiszumachen, doch da klingelte es auch schon.

»Sei still!«, fertigte ich sie ab und ging zur Tür, vor der das Insekt mit dem fiesesten, lüsternsten Ausdruck stand, den ich je gesehen hatte.

Er trat ein und ich starrte seinen Rücken an ...

Mit diesen widerlichen langen Fingern würde er ihre zarte Haut berühren ... mit diesen dünnen, bleichen Lippen würde er ... und dann ...

Mich überkam eine Welle der Übelkeit, doch ich schluckte die Galle runter, während er mich verschwörerisch angrinste.

»Ist sie bereit?«

»Natürlich.« Noch tonloser hätte ich nicht klingen können.

Geschäft über Gefühle. Geschäft über Gefühle. Geschäft über Gefühle.

Ratterte ich verzweifelt das Mantra runter, während ich ihn in mein Schlafzimmer führte.

Ich konnte sie nicht ansehen, als er hinter mir eintrat, hörte jedoch ihr Keuchen, vernahm, wie sie anfing, sich zu winden, wie die Handschellen gegen das Metall schlugen, und konnte kaum noch Luft holen.

Ich würde sie von diesem Arschloch vergewaltigen lassen!

Geschäft oder Gefühle hin oder her!

Das war krank!

»MAD!«, rief sie auch noch flehend und ich sah gerade rechtzeitig hin, um zu erblicken, wie er auf das Bett zuging und ihr (großer) panischer, feuchter Blick auf mir strandete. »Bitte!« Ihre Stimme, sonst so lebendig und frech, klang nun zu Tode verängstigt. Ihr gesamter Körper zitterte ...

Er ging auf die Knie, wollte ihr Gesicht berühren, welches sie entsetzt wegdrehte, doch es schoss ganz von selbst aus mir heraus.

»NEIN!«

Beide Augenpaare fokussierten sich auf mich.

»Wie bitte?«, fragte Kasper gepresst, doch er berührte sie nicht, die Hand hing reglos in der Luft.

»Ich habe gesagt NEIN, du perverser Bastard! Keiner außer mir wird sie jemals berühren!« Ich bekam kaum die Zähne auseinander und ging mit geballten Fäusten auf ihn zu. Bevor ich ihn packen und von ihr wegzerren konnte, war er bereits schlau genug gewesen, selbst auf die Beine zu hechten und sich von ihr zu entfernen. Leider blieb ihm keine weitere Ausweichmöglichkeit. Er fletschte förmlich die Zähne.

»Denken Sie an Ihr Unternehmen, ich werde Sie vernichten! Sie haben keine Ahnung, mit wem Sie es zu tun haben! Das ist nur eine kleine ...«

Meine Fantasien wurden Realität, als meine Faust in sein Gesicht krachte.

Sein Kopf flog umher, er stolperte nach hinten, fing sich aber unfreiwillig an meiner Kommode ab, mit der er fast in leidenschaftlicher Umarmung zu Boden ging.

»Ich würde aufpassen, wem Sie drohen, Sie Kasper! Wie wäre es, wenn die Öffentlichkeit erfährt, dass Sie sogar so erbärmlich sind, Frauen zu vergewaltigen? Es ist wirklich praktisch, wenn man so wie ich ist, denn so hat man in seinem Schlafzimmer natürlich Kameras angebracht, die laufen, wenn so etwas Wunderbares auf dem Bett liegt (ein Bluff, denn sie war ja hier die Erste, und natürlich hatte ich hier KEINE Kameras, egal!). Ich würde Ihnen raten, ganz schnell ...« Ich packte ihn am Kragen und schleuderte ihn herum, von ihr weg, in Richtung Tür.

Feuchte Strähnen klebten in seiner schweißnassen Stirn. Er keuchte aus dem letzten Loch. Panik verzerrte seine Züge auf groteske Weise.

»Das Weite zu suchen, bevor ich die Cops rufe, obwohl ... Die sind Ihr kleineres Übel! Verschwenden Sie nur noch einen Gedanken an diese Frau und ich kümmere mich persönlich darum, dass Sie nicht mehr in der Lage sein werden, so was Abartiges noch einmal durchzuziehen!«

Ich genoss es, wie er rückwärts vor mir wegstolperte, während ich ihn mit Worten und meinem Körper aus der Wohnung trieb.

Er wollte etwas erwidern, wurde aber von meiner Faust daran gehindert.

»Raus! Hab ich gesagt!« Dies war nun ein Grölen, bei dem ich dachte, die pochende Ader an meiner Stirn würde platzen.

Ich schubste ihn weiter, bereit, ihn kalt zu machen, wenn er sie alleine noch einmal ansah.

Weiterer Worte oder Taten bedurfte es (leider) nicht.

Zu schnell war er draußen und die Tür hinter ihm zugeknallt.

Eine abrupte Stille legte sich über den Raum. Das Herz pochte laut und schnell in meinen Ohren. Ich fühlte förmlich, wie es in meiner Brust wütete.

Ich konnte wieder ein wenig freier atmen. Aber nur ein bisschen. So richtig bekam ich immer noch keine Luft, als ich mich mit dem Rücken gegen das Holz lehnte, den Kopf nach hinten fallen ließ, und versuchte, meine verdammten Lungen ordentlich zu füllen.

Sie war zu mir gekommen, weil sie sich dazu entschlossen hatte, mir zu vertrauen, weil sie vielleicht auch etwas für mich empfand, und ich hatte nichts anderes geplant, als sie vor meinen Augen vergewaltigen zu lassen!

Was war ich nur für ein Bastard!

Sobald mein Herz ein wenig ruhiger schlug und meine Faust dafür dumpf pochte, krümmte und streckte ich meine Finger und wusste, ich musste mich ihr stellen.

Ich konnte sie nicht mehr ansehen, als ich das Schlafzimmer betrat, das Schweigen besaß fast eine körperliche Kraft. Es war voller Vorwürfe, Anklagen, Verletztheit und Angst.

Auch mied ich ihren Blick, als ich eine Hand befreite. Wortlos umrundete ich das Bett und öffnete die andere Schelle.

»Deshalb hast du mich hierher ...« Sie sprach nicht zu Ende, die Stimme leise und vorsichtig, doch die Erkenntnis lastete schwer zwischen uns.

Als hätte auch sie mich geschlagen, verließ mich die Energie, ich sank auf den Bettrand und vergrub den Kopf in meinen Händen.

Ja. Deswegen hatte ich sie hierher geholt – zu mir ...

Es war wieder still. Eine kleine Ewigkeit lang.

»MAD ...« Zaghaft berührte sie meine Schulter.

Ich reagierte nicht.

Wie hatte ich ihr das antun können?

Sie war doch sowieso schon so klein und verletzlich!

Sie ...

»Das war dieser Kasper ... nicht wahr? Ich habe ihn bei Steven gesehen ... du wolltest diesen Auftrag auch ...« Sie konnte erneut nicht weiter reden ... Ihre Berührung war ebenfalls lang verschwunden.

Yeah, Baby, ich wusste schon immer, dass du schlau bist, mach weiter und enthülle meine ganze Abartigkeit.

»Dieser Kasper ... wollte *mich*? Die ganze Zeit? Auch von Steven ...«

Ich musste nicht reagieren, sie kam so oder so auf die richtigen Schlüsse ...

»Und dieser ... Kasper ... hat dir für mich den Auftrag versprochen ...«

Genau! Und ich habe zugelassen, dass er dich nackt sieht und mit seinen widerlichen, unwürdigen Augen entweiht! Scheiße! Fast hätte er dich auch noch mit seinen Drecksfingern berührt! Ich bin so ein ...

Nun wurde ihre Stimme sanfter ... leiser ... am Schluss war es kaum mehr als ein Hauchen ...

»Aber du konntest es nicht zulassen, dass er mich bekommt ...«, schlussfolgerte sie weiter und ich hielt den Atem an ...

Geh! Lauf! Ich erwarte nichts anderes von dir! Und ich werde dich nicht aufhalten! Ich schwöre es dir, auch wenn mein verdammtes Herz bricht!

Doch das tat sie nicht!

Als sie ihren Arm vorsichtig unter meinem hindurch und um meinen nackten Oberkörper schlang, sodass ihre Hand direkt auf meiner linken Brustseite lag und dann in mein Ohr sprach, wusste ich, das war es ... »Weil ich dir wichtiger bin, als das Geschäft ...«, murmelte sie heiser und vergrub dann ihr Gesicht in meinem Nacken. Sie umfing mich mit beiden Armen und scheinbar allem, was ihr kleiner Körper zu bieten hatte. Ihre Nase strich über meinen Hals ...

Ich hatte es nicht verdient und doch ...

Es fühlte sich so gut an, ihr so nah zu sein.

Jeder Atemzug fiel mir leichter, je länger sie mich fest umschlungen hielt.

Draußen hatte es zu regnen begonnen, das Geräusch bildete eine noch beruhigendere Hintergrundkulisse.

»Du willst mich mehr als alles andere ...« Ich hörte das Lächeln in ihrer Stimme und schloss die Augen. Es war wie eine Absolution.

»Sag es Mad ...«

Ich biss die Zähne aufeinander. Ihre Fingerspitzen strichen über meinen angespannten Kiefer.

»Sag es nur einmal! Dann werde ich wieder zu deiner persönlichen, kleinen Assistentin, die gegen dich rebelliert, deinem zu fleischgewordenem feuchten Traum, deiner dreckigsten Fantasie ... Und in der Freizeit werde ich, was auch immer du sonst von mir willst. Ich werde ganz dein. Sag es nur ein einziges Mal ... *bitte* ...« Ich ließ meinen Kopf nach hinten fallen, fast an ihre Schulter, fühlte ihre Wange an meiner.

»Sag es nur einmal, ich muss es hören ...«, flüsterte sie eindringlich, drückte mich noch ein bisschen fester.

Und ich riskierte es, auch wenn sich mein Körper und mein Herz dabei absolut offen und verletzlich anfühlten.

»Du bist mehr für mich als alles andere. Du bist mein alles.«

Dieses Geständnis schien tausendfach im Raum widerzuhallen.

Stille.

Der Regen trommelte weiter gegen die Scheiben. Die Scheite im Kamin knackten. (NATÜRLICH hatte ich auch einen im Schlafzimmer.)

Mein Herz schlug kräftig unter ihrer Hand. Und sie reagierte immer noch nicht!

»Hast du mich gehört?!«, fragte ich und drehte mich ein wenig in ihrem Griff, legte ein angewinkeltes Knie zwischen ihre Beine und musste sie berühren, ihre zarte Wange umfangen. Soeben war sie noch so weiß gewesen, strahlte aber nun rosig und frisch ... und was ich in ihren riesigen braunen Augen las ... War es tatsächlich ...?

Eine Träne löste sich und rann glitzernd an ihrer makellosen Haut herab.

Oh verflucht! Wenn ich schon mal angefangen hatte, konnte es ja gleich weitergehen!

Nun musste alles aus mir raus!

»Hörst du, verdammt!?« Ich nahm ihr Gesicht in beide bebenden Hände. »Ich brauche dich. Und ich weiß, dass wir gegensätzlicher nicht sein könnten. Dass es ein ewiger Kampf sein wird, dass wir uns verbrennen und verletzen werden und doch ... ist genau das hier mit dir der Kick, den ich nie gesucht aber dennoch gefunden habe und ohne den ich nicht mehr leben kann. Also ... warne ich dich, wenn du jetzt sagst, dass es bei dir nicht genauso ist, dann ...«

Noch einmal holte ich Luft ... ja was dann? Ha ... ein leises, wehmütiges Lächeln bog meine Mundwinkel nach oben, als ich sanfter weiter sprach »... *lasse ich dich sowieso nicht gehen. Ich habe nämlich gewonnen – dich*!«

Und mit den letzten sanften Worten geschah es:

Endlich lächelte auch sie mich an ... frech, aber dennoch hingebungsvoll ...

»Welche Frau könnte da Nein sagen, du verrücktes, verführerisches Arschloch, das *nur* mich will?«

Und dann ... lehnte sie ihre Lippen an meinen Hals und sprach an meinem Nacken ...

»Du Bad-Boy, den ich gezügelt habe«, hauchte sie und biss mich. Daraufhin folgte ein winziger Kuss und dann ...

»Du Dom, den ich dominieren darf ...« Ihre Fingernägel krallten sich in meinen Arm und kratzten über meine Haut. Sie wollte noch weiter meine Makel ausführen, aber ich unterbrach sie(ab).

»Ruhe! Pinkes Biest ...« Somit senkte ich meinen Mund auf ihren und machte auf sinnlichste Art klar, wer hier wen dominierte!

Sie schmeckte nach Kaugummi. Und sie würde mich wahnsinnig machen!

Aber eines kann ich euch sagen:

Auf ihren Lippen waren meine sogar bei meinem letzten Atemzug als alter, runzliger impotenter, absolut *glücklicher* Hängesack Opa.

ENDE!

Danksagung oder so

Puh! So!

Babels du blöde Kuh! Ehrlich! Ich weiß nicht, wie sie es macht! Aber wenn sie mit mir die Sexszenen bearbeitet, dann ist das wirklich lebensgefährlich. Wenn es euch nur im Geringsten so geht wie mir (Herzrasen, Schweißanfälle, Schreikrämpfe, komische Gesichtsverkrampfungen, auf den Boden-Werf-Modus), so möchte ich ausdrücklich darauf hinweisen, dass jegliche Haftung Babels übernimmt. (Ich weise jede Verantwortung vehement zurück ;)

Ich bedanke mich vor allem bei meinem wunderbaren Team vom APP-Verlag! Ich bin wirklich froh dort mein zu Hause gefunden zu haben und die Freiheit haben zu dürfen, mich so entfalten zu können, wie ich (und meine Charaktere) es brauchen! Es gibt dazu nur eines zu sagen: Alleine kommt man schnell ans Ziel seiner Wünsche, doch mit einem Team bleibt man dort.

Danke auch an meine süße Caro, die bei *Mad Love* Geburtshelferin gespielt hat und mich mit ihrer Begeisterung immer weiter trieb – bis diese Story ihr (hoffentlich würdiges) Ende fand. Ich liebe dich schon jetzt, Baby!

Auch natürlich ein Danke an alle fleißigen Testleser und vor allem an meine Tristomaniacs! *wildwink*

Das war also unser erster Teil der Tower - Serie. So ungefähr werden auch die weiteren Geschichten ablaufen! Entweder von mir oder von Kera Jung geschrieben!

Es wird mal fluffig, mal hart, mal dramatisch, mal lustig aber auf jeden Fall immer erotisch!

Hat euch die Geschichte von Mad Maddox und seinem pinken Biest gefallen, so lasst es mich wissen! Hättet ihr sogar Lust auf eine Fortsetzung mit den zwei Verrückten? Ich denke, es gibt noch einiges zu klären bei den beiden. Vor allem: wer ist hier der Boss? ;)

Auf jeden Fall hoffe ich, ich konnte euch für eine kleine Zeit eures Lebens gut unterhalten und danke euch wie immer für eure ungeteilte Aufmerksamkeit!

Hochachtungsvoll eure

Tower II – Bad Love

Das Ende war erst der Anfang ...

1. Leona Churchill (alias das pinke Biest)

»*Sehr geehrte Miss Langschläferin. Da ich einen etwas strafferen Zeitplan als Sie habe, werde ich bereits am Schuften sein, während sie noch Ihr kleines Ohr bügeln. Auf dem Nachttisch finden Sie alles, was Sie benötigen, um die nächsten 24 Stunden zu überstehen. Nehmen Sie die Tabletten – alle!*

Die Creme bringen Sie mit ins Büro. Es ist eine äußerst knifflige Angelegenheit, diese aufzutragen, die ich selbst in die Hand nehmen werde.

Ich erwarte Sie pünktlich zu Arbeitsbeginn um 08:00 Uhr ohne Unterwäsche auf meinem Schreibtisch.

Keine Widerrede. Dies gilt als neuer Grundsatz.

Der Verrückte (nach dir ...)«

Ein träges Grinsen zog meine Mundwinkel nach oben, als ich die Lider öffnete und mich in Maddox Price´ Bett, vorfand, mit dem gefalteten Blatt Papier auf dem Kopfkissen neben mir.

Nackt. Auf dem Bauch liegend, rekelte ich mich tief seufzend und fühlte mich völlig losgelöst.

Nach einer Nacht, die ich niemals vergessen würde!

Was er alles mit mir gemacht hatte, sobald wir uns darauf geeinigt hatten, dass uns mehr miteinander verband, als die Arbeit oder irgendwelche Spiele um Macht und Unterwerfung, war zu köstlich ... und aufregend.

Es war der erste Morgen, nachdem mir Maddox Price auf seine unverkennbare Art gestanden hatte, dass er ... mich *liebte*? Lieben ... das war wohl noch zu viel gesagt. Auf jeden Fall wussten wir nun beide, dass wir nicht mehr ohne einander sein wollten, und diesen Umstand hatten wir in den letzten 12 Stunden gefeiert. Immer und immer wieder, sehr ausführlich und so gründlich wie eben der ganze Mann war ...

Dennoch hatte ich keine Ahnung, was das Arsenal an Tabletten, Tränkchen und Cremes auf dem Nachttisch sollte. Natürlich penibel nach Größe aufgereiht, was hieß, dass er sich selbst um die Nachversorgung gekümmert und sie mir vorbereitet hatte.

Spöttisch schnaubte ich.

Ich war jung. Ich war gesund. Ich war süchtig nach ihm.

Mit ihm zu schlafen – oder besser gesagt – mich von ihm in allen möglichen Posen und Winkeln, gleichermaßen wie Szenarien verführen zu lassen, war wie ein Rausch von der besten Droge der Welt. Aber Nachwirkungen würden sicherlich ausbleiben!

Wie dumm ich doch manchmal war!

Denn sobald ich mich auf den Rücken drehte, zischte ich und rollte *sofort* wieder zurück auf den Bauch.

Mein Hintern brannte wie die Hölle!

Okay ... vielleicht würde ich die Creme doch mitnehmen und mich von ihm verarzten lassen, aber auf das Einschmeißen der verschiedenen Chemiebomben würde ich dankend verzichten.

Diese mentale Aussage revidierte ich in dem Moment, als ich die Beine über den Bettrand schwang und sie sich anfühlten wie zwei Klötze – aus MASSIVHOLZ!

Die Muskeln meiner Oberschenkel brannten genauso, wie die zarte Haut an meinem Hintern.

Gott!

Beim Aufstehen musste ich einen regelrechten Schmerzensschrei unterdrücken, denn ich fühlte wirklich jeden einzelnen (gestern bis aufs Bersten gespannten und gedehnten Muskel), jeden (geschmolzenen) Knochen und jedes einzelne Stückchen (versohlter, gebissener, geleckter, aufgeschürfter) Haut.

Okay.

Meine Droge, die sich Maddox - Haupt - Price nannte ... Ich musste selber über diesen dämlichen Witz kichern, hatte eindeutig Nachwirkungen!

Wegen diesem wies mein Schlurfen ins Bad leicht zombiemäßige Anwandlungen auf. Ich hoffte, dass mich keiner mit einem Fernglas aus den umstehenden Hochhäusern beobachtete, denn sonst würde derjenige sich fühlen, als wäre er im nächsten Milla Jovovich-Streifen gelandet (Die von Teil zu Teil schlechter wurden, mal nebenbei bemerkt).

Ächzend und stöhnend, das linke Bein leicht nachziehend, bahnte ich mir also weiter meinen Weg vor den nächstbesten Spiegel in dem riesigen Marmorbad.

Ich keuchte, als mein Blick auf die zerstörte junge Frau fiel, die mich mit großen, ungläubigen, aber so was von lebendigen, kackbraunen Augen ansah.

Meine knallpinken Haare waren ein zerwühltes Chaos. Nicht einmal ein Vogel würde sich mit so etwas zufriedengeben. An meinen Hüften hatte ich blaue, lang gezogene Flecke.

Mad, der mich dunkel anvisiert, mir ins Ohr haucht, dass er mir bereits fünf Mal gesagt hat, dass ich mich nicht bewegen soll und

seine langen, wissenden Finger, die sich fester in mein Fleisch bohren,
während er von hinten noch tiefer in mich eindringt.

Meine Brustwarzen stellten sich auf. Auch sie schmerzten dabei.

Auf meinen Oberschenkeln machten sich Ausläufer von roten Striemen breit, die mir noch mehr ins Auge stachen, als ich mich umdrehte, um meinen armen, kleinen Arsch ausgiebiger ins Visier zu nehmen.

Okay. Mad hatte eindeutig an meiner Haarfarbe einen Narren gefressen, deren Tönung er kurzerhand auf meiner Kehrseite verewigt hatte.

»Still! Sonst gibt es fünf mehr ...«

»Ich hasse dich!«

»Wie heißt das richtig?«

»Ich hasse dich, SIR!«

Ein dunkles, seidenweiches Lachen, meine Hände, die sich in das Bettlaken unter uns krallen. Mein Po hoch erhoben in der Luft, die Beine weit gespreizt. Angst davor, dass er aus Versehen meinen empfindlichen Büren, und nicht meinen Hintern trifft. Das sanfte, neckische Streifen des Floggers zwischendurch, der Stiel, der schamlos über meinen nackten Intimbereich gleitet, sich gegen meinen Kitzler presst, sein unterdrücktes, heiseres Stöhnen ...

Meine Wangen reihten sich in die Arschfärbung mit ein, als meine Erinnerungen erneut zu letzter Nacht zurückschweiften.

Bei Ozzy!

Ich konnte es nicht erwarten, ihn wiederzusehen.

Die Insekten in meinem Bauch tanzten Samba.

Auf diesen eindringlichen Blick, von diesem einen düsteren Mann zu treffen, der zufälligerweise auch mein Chef war – vor allem über mein Herz –, war alles, was ich plötzlich wollte.

Denn ja, mein Herz hatte ich komplett an Maddox Price verloren, auch wenn ich es nicht geplant hatte. Und ich wusste, auch seines gehörte mir. Er konnte es nur besser vor mir verstecken, was er für mich empfand.

Das machte das Ganze nur noch aufregender.

Ja. Der Nervenkitzel, der mich allein überkam, wenn ich an ihn dachte, war exquisit. Süß und erregend und noch besser war es, weil unsere Geschichte erst hier so richtig begann.

Der eigentliche Kampf um Macht, Unterwerfung und Lust.

Das eigentliche Kennenlernen genauso. Denn in diesem Moment wusste ich über Maddox Price ungefähr genauso viel, wie über den gerade amtierenden Papst.

Ich würde schon sehr bald Seiten von ihm begegnen, die mich erschrecken, mein Leben auf den Kopf stellen, die mich wütend, ängstlich und manchmal auch traurig machen würden. Aber vor allem solche, die ALLE noch so schlimmen Ereignisse der nächsten Wochen zunichtemachen würden ...

2. Mad Maddox

Gähnend fuhr ich mit dem verglasten, riesigen und noch menschenleeren Aufzug in meine Etage des Towers. Den Ort, an dem sich mein gesamtes Leben abspielte – seitdem sich unser Familienunternehmen Price - Industries dort niedergelassen hatte, zu dem unter anderem eine Luxus-Baugesellschaft gehörte. Ich musste nicht nach draußen in die andere kalte Welt, alles was ich für ein zufriedenes Dasein benötigte, fand ich hier.

Angefangen von Lebensmitteln, Bekleidung, Unterhaltung und dem täglichen Bettsport. Na gut, in meinem Bett machte ich es nur noch mit einer – genau genommen war da noch niemals eine andere gewesen, außer meinem pinken Biest – alias die, die mich – Maddox Price – gezähmt hatte.

Natürlich würde ich nicht auf Dauer so handzahm und nachsichtig bleiben, wie ich es die letzten Wochen gewesen war, denn nun war ich mir ihrer sicher.

Noch war ihr nicht so richtig klar, dass ich bis jetzt Rücksicht hatte walten lassen, wegen der Angst, sie mit meinem WAHREN Wesen zu verschrecken und letztendlich zu verlieren. Doch schon bald würde sie meine andere Seite kennenlernen und ich sie vollkommen einnehmen und einweisen. Und damit meine ich nicht in dem Job als persönliche Tippse, den beherrschte sie bereits perfekt. Hiermit meinte ich den, als mein persönliches Lieblings-Sexspielzeug – mein einzig wahres.

Denn ja, sie hatte mich praktisch zum Vegetarier gemacht.

Hatte ich vor ihr eine Frau (alias Steak) nach der anderen

vernascht, so hatte sie mir den Appetit auf fades Fleisch verdorben. Ich wollte mich nur noch an ihrer ganz speziellen süßen und gleichzeitig verrucht exotischen Note ergötzen.

Noch nie war Eintönigkeit aufregender gewesen.

Meinen Vater traf ich als Erstes in der Price - Etage an. Er tauchte hier genauso früh auf wie ich, aber ich hatte als Einziger schon mein tägliches Work-Out absolviert. Natürlich nicht, das Nächtliche, sondern das in dem Fitnessstudio im fünften Stock.

Als ich mit beschwingten Schritten und einem lockeren Gruß auf den grinsenden Lippen an seiner – wie immer offenen – Bürotür vorbeischlenderte, versteinerte der Mogul hinter seinem Schreibtisch. Der nach mir herausgestreckte Kopf blieb mir verborgen, denn ich war bereits um die Ecke gebogen und bahnte mir weiter den Weg. Vorbei an dem großen, brombeerfarbenen Empfangstresen, hinter dem normalerweise meine zwei Empfangsdamen die Fensterputzer anschmachteten, den langen, hellen Gang entlang bis zu meinen Räumlichkeiten, die gut ein Fünftel der kompletten Etage einnahmen.

06: 01 zeigte die Uhr an der Wand, als ich mich vor der bodenhohen Fensterscheibe aufbaute und so wie jeden Morgen der Sonne dabei zusah, wie sie orange glühend über der noch schlafenden Großstadt aufging, in deren Herzen der Tower der unbegrenzten Möglichkeiten alles überragte. Als Symbol der Macht und Überlegenheit, der er auch war.

Meine Gedanken schweiften ab, wie so oft in den letzten Wochen ... Nun in mein Bett, denn sie gingen immer nur dorthin, wo SIE ihr Dasein fristete.

Meine kleine Rebellin schlief wahrscheinlich noch selig, in die Kissen gekuschelt.

Mir wurde warm in der Brust. Diese eine besondere Geborgenheit, die ich NUR bei ihr empfand, lullte mich erneut ein, wiegte mich sanft und ließ mich fühlen, wie noch nie zuvor, weil sie jetzt bei MIR daheim war.

Eigentlich hatte ich sie wecken und zum Training mitnehmen wollen, aber ich hatte es nicht übers Herz gebracht, ihren friedlichen und wohlverdienten Schlaf zu stören.

Ein leichtes Lächeln schlich sich auf meine Lippen, als ich mich daran zurückerinnerte, wie ich komplett angezogen auf der Bettkante gesessen und sie beim leisen Schnarchen beobachtet hatte. Wie ein elendiger, armseliger Stalker. Meine Finger waren sogar in einer ungewohnt zarten Geste über diese noch zartere, leicht gerötete Wange gestrichen. Wie auch über diese halb geöffneten, vollen, so weichen Lippen – tausendmal hatte ich bereits davon gekostet, und doch wollte ich sie schon wieder küssen.

So eine tiefe Zuneigung, wie zu dieser zerbrechlichen, kleinen Frau hatte ich noch nie empfunden.

Noch nie war ich stolzer darauf gewesen, dass ein weibliches Geschöpf ›ja‹ zu mir gesagt hatte, dass sie meinen Namen stöhnend, unter mir gelegen war, dass sie sich mir absolut hingegeben und unterworfen hatte.

Dass sie sich mir geschenkt hatte.

Natürlich wusste ich, sie würde nicht immer so brav sein.

Sie war immer noch eine Bilderbuch-Rebellin, aber gerade das machte diesen einen besonderen Kick aus, mit dem sie mich süchtig gemacht hatte.

**

Wie immer verbrachte ich die nächste Stunde damit, meinen Terminplan durchzugehen, etwas zu frühstücken (Croissant mit schwarzem, starken Kaffee) und dann ... saß ich da ... und starrte einfach nur meine Uhr an.

Denn ich WARTETE auf das Erscheinen einer Frau! Das möchte man sich bitte rot im Kalender anstreichen!

Es war nun 07:59 Uhr.

Vor meiner Tür herrschte bereits rege Triebsamkeit hahahahaha. Noch eine Minute, dann würde sie erscheinen.

Und hiermit stellte man sich kotzende Giraffen vor, die an meinem Fenster vorbeifliegen. Die Möglichkeit dafür war genauso hoch, wie dass sie einem meiner Befehle einfach so folgen würde, wenn sie sich außerhalb meines Bettes befand.

08:00 Ich starrte die Tür an.

08:01 Ich runzelte die Augenbrauen.

08:02 Ich ballte die Fäuste.

08:03 Leichter Wahnsinn schlich sich in meinen Ausdruck. Die Kiefer mahlten. Noch NIE hatte mich eine meiner körperlichen Mahlzeiten versetzt, ich war schließlich nicht auf verschissener Diät.

08:04 Erst recht nicht um vier Minuten.

08:05 Und vor allem nicht um fünf! Das grenzte schon an Fasten.

Die Nachricht war schneller geschrieben und gesendet, als ich denken konnte.

»Willst du mich verarschen?«

Das meinte sie doch nicht ernst! Gleich am ersten Tag, ich meine damit am ersten Tag unserer ... was auch immer, zu spät zu kommen! Sonst war sie immer pünktlich, aber gerade heute nicht!

Ich hatte ihr doch einen Wecker gestellt auf 06:30. Sie hatte somit genug Zeit, um heimzufahren, sich anzuziehen, die Haare in

Unordnung zu bringen, Löcher in ihre Strumpfhosen zu reißen, sich rosa Kaugummi in die Futterluke zu schieben UND pünktlich zu sein. Ihrer Personalakte hatte ich entnommen, dass sie nicht allzu weit entfernt wohnte. Wieso also verspätete sie sich gerade heute?

Ein innerer Drang ließ mich nicht mehr länger sitzen. Ich musste irgendwas schlagen, oder meinen Kopf unliebsam mit den Scheiben bekannt machen. Rastlos begann ich durch das Büro zu tigern, zwischen den zwei Sofas hindurch, an IHREM Schreibtisch vorbei, weiter an meiner kleinen Palmensammlung und um meinen Schreibtisch herum. Ich lief penible Achter in meinen flauschigen Teppich ... und hoffte, ich würde nicht in der Etage unter uns ankommen.

War ich gestern Nacht zu hart gewesen?

Dabei hatte ich mich noch zurückgehalten, verdammt!

Was, wenn sie doch nichts für mich empfand?

Was, wenn ihr etwas geschehen war?

So ein Busunfall passierte schnell! Oder fuhr sie mit der U-Bahn, wo ihr ein Penner auflauerte? Ging sie zu Fuß? Blumentöpfe fallen doch öfter mal von Balkonen! Was w...

»Wieso sollte ich dich verarschen wollen?« Die Tür glitt einfach so auf und sie marschierte in den Raum, als würde ich nicht innerlich Amok laufen.

Und heilige Scheiße, sie war gar nicht daheim gewesen! Denn sie trug nicht ihre verrückten Punker-Gruftie-Klamotten, kombiniert mit den üblichen, verrückt machenden Strapsbeinen. NEIN! Sie trug ein hellblaues Hemd von mir! Und eine Jogginghose, die sie sich ungefähr fünfzigtausend Mal hochgekrempelt hatte. Damit sah sie aus, wie ein Türke auf dem Markt, während sie fröhlich ihren

Kaugummi schmatzte und mich anstrahlte.

Sobald sie meinen Ausdruck erfasste, fiel ihr Lächeln allerdings in sich zusammen, wie ein K. O. geschlagener Boxer.

Ich stand einfach nur vor der bodenhohen Scheibe und taxierte sie reglos.

Sie trug meine Klamotten!

Wie konnte sie es wagen, ohne darum zu betteln, diese auch nur berühren zu dürfen!

Gleichzeitig war sie noch nie heißer gewesen, als in genau jenen.

Sie blieb stehen, wie Bambis verdammte Mama, die aus Versehen dem Jäger direkt vor die Flinte gelaufen ist, ihr Kaugummigeschmatze endete, ohne die übliche Blase, die auch mich zum Platzen brachte, wenn sie detonierte.

»Hallo erst mal?« Es klang wie eine Frage, während sie die Tür mit einem vorsichtigen, leisen Klacken schloss. Zum Glück hatte sie nicht so ein großes Maul, wie der Typ, der das normalerweise nölt.

Ihr Blick huschte durchs Büro, sie runzelte die Stirn und sah mich wieder an. Ihr vorsichtiges Grinsen, mit dem sie es als Nächstes versuchte, war mehr als zittrig und mein Herzschlag setzte einen Moment aus.

Meine Fäuste lösten sich zeitgleich mit der enormen Unsicherheit, die in ihrem Blick aufflackerte.

Ha!

Ich konnte in ihr lesen wie in einem Buch!

Sie dachte, nach letzter Nacht, würde ich einfach so weitermachen, wie zuvor und mit ihr spielen!

Dummes Ding!

Verdammt anziehendes, betörendes, verstandraubendes, lusttropfenanregendes, kleines dummes Ding!

Und wie aus dem Spiel Ernst geworden war!

Die Wut in mir wandelte sich in etwas mindestens genauso Mächtiges, während sich meine Beine wie so oft von allein in Bewegung setzten.

Mit fünf kolossalen Schritten war ich bei ihr.

Ihr Keuchen war Musik in meinen Ohren.

Die Strähnen, in die sich meine Finger verwoben, pure Seide.

Die Lippen, auf die sich meine senkten, noch von letzter Nacht geschwollen und so was von verlockend.

Ich ergriff ihren Nacken mit beiden Händen, hielt sie an Ort und Stelle und ließ dann der Lust, freien Lauf, die sie allein mit ihrem Anblick in mir entfachte.

Trotz der mindestens fünf Mal, die ich sie gestern Nacht gehabt hatte, war immer noch kein Ende der allgemeinen Erregung in Sicht.

Mein Schwanz drückte sich unmissverständlich gegen ihren Bauch, als ich ihr die Seele aus dem Leib küsste, sie daran erinnerte, dass es ab jetzt immer so sein würde. Dass sie ab sofort nur noch mir gehörte und was es mir bedeutete!

Sie stöhnte hilflos, küsste mich aber gierig zurück, ihre Hände krallten sich in mein Jackett, die kleinen Brüste rieben sich an mir.

»Du bist zu spät!«, knurrte ich in ihren Mund und biss ihr strafend in die Unterlippe, leckte dann darüber und küsste sie erneut. Tiefer, eingehender.

Ihre Beine mussten nachgegeben haben oder so, denn mit einem Mal sackte sie förmlich wimmernd in sich zusammen. *Nichts da, Fräulein! Du bleibst hier!*

Mein Arm legte sich steinhart um ihre Hüfte, mit einem Ruck schob ich sie gegen die Tür in ihrem Rücken.

Sie schluchzte und ich glaube nicht vor Lust – egal.

»Muschelater...«, stöhnte sie in meinen Mund. Ich löste mich etwas von ihr, wenn auch widerstrebend und sah genervt auf sie herab, weil sie zurückgewichen war.

»Was?«, zischte ich.

»Ich habe überall Muskelkater wegen dir!«, keifte sie wirklich erzürnt zurück, ihre Augen funkelten auf diese eine gewisse, aufsässige Art, die mich gleichermaßen faszinierte, wie auch zum Rasen brachte.

Ich musste lachen, es ging einfach nicht anders. Sie war ja so naiv!

Dachte sie etwa, ich würde RÜCKSICHT darauf nehmen?

Oh, das erinnerte mich erneut daran, dass dieses kleine Ding meine sadistische Ader noch kein bisschen kennengelernt hatte.

Mir war bewusst, dass mein Lächeln mehr als intrigant wirkte, als ich mit meinen Fingerspitzen zärtlich an ihren Oberarmen herabglitt.

»Oh ... mein armes, kleines Baby ... habe ich dir gestern Nacht wehgetan?«, fragte ich gespielt besorgt.

Sie verengte als Antwort die Lider. Ich schaffte es, nicht zu lachen.

»Was schmerzt am meisten? Deine Handgelenke, die ich an das Bett fesselte, während ich dich immer und immer wieder geleckt habe? Selber Schuld ... Ich habe dich gewarnt, dass du dich aufschürfen wirst, wenn du nicht still liegen bleibst ...«

Sanft strich ich über die geröteten Stellen und beugte mich dabei vor, um mit meiner verführerischsten Stimme in ihr Ohr zu hauchen, und bemerkte zufrieden, wie sie die Luft anhielt und meine Nähe in sich aufsog, genauso wie ich ihre.

»Oder meinst du damit deine kleinen, frechen Nippel, die ich so lange gereizt habe, bis du allein davon gekommen bist – zwei Mal?« Ich zwickte grob in die steinharten, kleinen, sicherlich wunden, verräterischen Dinger, die ich schon jetzt vergötterte.

Mit einem leisen Keuchen fiel ihre Stirn gegen meine Brust.

»Du machst mich fertig ...«, nuschelte sie heiser, ließ es aber zu, dass ich weiter herabstrich, über ihren Bauch, über ihr Steißbein bis zu ihren kleinen prallen, versohlten Arschbacken.

»Oder meinst du den hier?« Fest packte ich sie, sodass sie aufquiekte.

»Sagen Sie mir, Miss Leona Churchill. Was hat Ihnen am besten auf diesen gefallen? Meine Hände oder der Flogger? Wie hat es sich angefühlt, den Stiel zwischen den Zähnen zu halten, während ich dich von hinten gefickt habe? Oh ... jetzt knurrst du mich wieder an? Du weißt, dass du dir die Strafe verdient hast ... Es kann doch wohl nicht so schwer sein, ihn NICHT loszulassen ...«

»WENN man sich die Seele aus dem Leib stöhnt, weil du einen vögelst, dann schon!«, jammerte sie.

Ich grinste spöttisch.

Nun glitt meine Hand nach vorne – zu meinem liebsten Ort.

»Oder tut dir etwa diese sexy Spalte weh? Vom Lecken? Das könnte ich verstehen, ich schwöre, ich habe Muskelkater in der Zunge!«, beschwerte ich mich etwas empört, denn das war mir noch nie zuvor geschehen. Genau gesagt fühlte es sich an, als hätte ich einen riesigen Backstein im Mund und der TAT WEH.

Sie kicherte an meiner Brust und ich liebte diesen Laut!

»Oder war es mein Schwanz, der dich jedes Mal bis zum Zerreißen dehnt, wenn ich in dich eindringe und von dem du doch nie die Hände lassen kannst?« Zur Untermalung meiner Worte, rieb ich ihn an ihrem Bauch, wusste, dass sie genau fühlen konnte, wie auch mich all diese Erinnerungen anmachten.

Sie stöhnte und kam meiner Bewegung entgegen, krallte ihre Fäuste fester in mein Jackett. Resolut hob ich ihr vorwitziges Kinn an, damit ich in diese glühenden, lüsternen Augen sehen konnte.

»Nun?«

Scheinbare Äonen lang starrte sie mich an.

Was dann aus ihrem Mund kam, schockte mich tatsächlich noch mehr, als ich sie mit meiner kleinen Rede heißgemacht hatte. Doch gleichzeitig brachte es mein Herz zum Losrasen und meinen Arsch zum Vollscheißen.

»Ich glaube, ich habe mich tatsächlich in dich verliebt, Maddox Price.«

Somit ging sie auf ihre Zehenspitzen, zog mich herab und presste diese vollen, wunderbaren Lippen auf meine – ließ mir keine Zeit, um über dieses Geständnis weiter nachzudenken.